Sonne über dem Vulkan

Sonne über dem Vulkan

Erstmal Sizilien

Anke Hoppe

©2019 Hoppe, Anke
Herstellung und Verlag: BoD – Books on Demand, Norderstedt
ISBN: 9783746012438

„Italien ohne Sizilien macht gar kein Bild in der Seele: hier ist erst der Schlüssel zu allem"

(J. W. v. Goethe)

Vorwort

Schon immer machte man sich Gedanken darüber, wie und warum ein ganz normaler Berg Feuer speien kann und mit glühenden Steinen Menschen und Städte verwüstet.
Die alten Römer zum Beispiel glaubten, dass *Vulcanus* - der Gott des Feuers und der Metallarbeiter - seine Schmiede unter dem Ätna-Berg bewahrte und dass dies die Ursache der Eruptionen war.
Er hatte unter anderem die Aufgabe, für die Götter und Halbgötter Wunderwaffen zu schmieden.
Auch wenn sein Name etwas anderes vermuten lässt, galt er nicht nur als kluger Erfinder und begabter Handwerker, sondern auch als äußerst friedliebend. Er wurde als Beschützer vor Feuersbrunst verehrt.
Dennoch war er nun mal der Gott des zerstörerischen Elementes Feuer, so dass man den Tempel für ihn immer außerhalb der Stadt erbaute.

Auch in der griechischen Mythologie finden wir Erklärungen über die Ausbrüche des Ätna:
Gaia - die Göttin der Erde - war wütend auf Zeus, der einige ihrer Kinder im Kampf besiegt und getötet hatte.
Sie ließ sich mit Tartaros, dem Totengott, ein und bekam einen Sohn: Typhon, ein hässliches Ungeheuer mit hundert Drachenköpfen, Flügeln und Schlangen anstelle von Beinen.
Mit den Köpfen konnte er die Sprachen von Göttern und Tieren verstehen und sprechen.

Typhon sollte seine Mutter rächen und Zeus im Kampf schlagen.

Trotz seiner unzähligen Schlangenarme und starken Flügel gelang es Zeus schließlich dennoch, nach einem erbitterten Kampf Typhon zu besiegen. Als dieser nach Sizilien flüchtete, warf ihm Zeus den Vulkan Ätna hinterher.

Typhon liegt bis heute unter dem Ätna begraben und gibt seiner Wut über die Gefangenschaft durch Eruptionen aus Feuer, Asche und Steinen Ausdruck.

Das Buch:

Sonne über dem Vulkan

Die sizilianische Sonne über dem Vulkan Ätna. Unsere Reise
an Pfingsten im Jahr 2019 begann alles andere als sonnig.
Dennoch strahlt diese Insel eine allumfassende Wärme aus.
Das Land selbst, aber vor allem die Menschen mit ihrer
offenen Herzlichkeit und ihrer Lebensfreude.
Mit meinem Mann habe ich für zwei Wochen einen Teil von
Sizilien bereist und intensive Eindrücke vom Leben der
Sizilianer bekommen.
Der Charme der Vergangenheit und die unübersehbaren
Gegensätze heute erschrecken und faszinieren gleichzeitig.
Dieses Buch ist ein kleiner Dank an einen unvergesslichen
und wunderschönen Urlaub auf Sizilien

„Gott war Sizilianer - bevor der Teufel die ‚ehrenwerte Gesellschaft' schuf"

(Unbekannt, aus Sizilien)

Ankunft Catania

Mai 2019:
das Flugzeug beginnt zu sinken. Der Blick durch das runde Fenster bietet nur eine homogen graue Wolkenmasse. Man sieht absolut nichts. Dabei bin ich doch so gespannt, den Anflug auf die Insel mit zu verfolgen.
Nun steuern wir im scheinbaren Blindflug auf Insel und die ungefähre Lage des Flughafens zu.
Ich stelle mir den Piloten vor, der es sich wahrscheinlich auch sparen kann, vorne aus dem Fenster zu sehen. Auf Sicht zu fliegen funktioniert im Moment nicht.
Im Gegensatz zu mir wird er es nicht besonders aufregend finden, ins Nichts zu fliegen. Das hoffe ich zumindest… Er wird sich auf seine Instrumente verlassen und Infos vom sizilianischen Bodenpersonal bekommen.
Naja, der Vulkan Ätna ist immerhin über 3300 m hoch. Der könnte uns… nein, quatsch, wird er nicht!

Während ich suchend in das flackernde wolkendichte Grau hinaus schaue, immer mit suchendem Blick nach Konturen der Küste, stelle ich fest, dass diese Situation einen wirklich spannenden Film liefern kann:
Irrflug im Nebel! Aus irgendeinem Grund - es könnte ein seltsames magnetisches Feld sein, das sich um den Vulkan aufbaut - fallen die technischen Geräte des Flugzeugs aus.
Der Pilot, der auf dem Flughafen von Catania landen will, verliert die Orientierung. Die Sicht ist gleich Null, die Nadel des Höhenmessers rotiert verwirrt zwischen 0 und 12000 m. Alle Zeiger spielen verrückt, und vom Tower ist über Funk

nur noch ein Rauschen zu hören. Irgendwo da draußen steht der Ätna! Bloß wo? Wie tief sind sie schon? Sollten sie steigen, um nicht eventuell am Berg zu zerschellen? Oder fliegen sie gerade Richtung Meer und die Sicht könnte aufklaren? Der Pilot muss entscheiden. Plötzlich erscheint eine rote Feuersäule am Seitenfenster des Piloten. Der Vulkan sprüht zischend heißes Gestein aus seinem Innern. Glühende Lava regnet auf das Flugzeug. Der Pilot zieht das Steuer hart nach oben. Was für ein spektakuläres Szenario! Flucht durch Feuer und Asche....
Natürlich geht alles gut aus.

Zurück zur Realität: unter der Wolkendecke lassen sich endlich Häuser, der Strand und das Meer ausmachen. Dann sind wir durch! Und plötzlich wird die Sicht klarer. Die letzten 600 Höhenmeter fliegen wir über die Insel hinweg, drehen noch eine Runde über das Meer, um dann von der entgegengesetzten Seite her die Landebahn in Catania anzusteuern.
Aufgeregtes Kribbeln in meinen Füßen vor Erwartung, endlich auf Sizilien anzukommen! Mein Mann und ich freuen uns auf zwei Wochen Urlaub in einem Ferienhaus nahe der Hauptstadt Palermo.
Nachher werden wir unseren vorbestellten Mietwagen abholen und mitten über die Insel in Richtung Westen nach Palermo fahren, etwas Proviant einkaufen und dann unser neues Zuhause aufsuchen.

Schon beim Aussteigen aus dem Flugzeug atmen wir Meeresluft ein. Es ist nicht so warm und nicht so sonnig, wie wir uns die Ankunft auf der Insel eigentlich vorgestellt hatten, aber laut Wetterbericht soll es in den nächsten Tagen sonniger und italienisch warm werden.

Wir haben Hunger und entscheiden erst einmal eine Kleinigkeit zu essen, bevor wir uns in die Warteschlange beim Autoverleih einreihen. Der Flughafen ist voller Reisenden mit noch mehr Koffern. Hier treffen sich Menschen die ankommen, Menschen die abfliegen, Menschen, die warten und komplett alle Sitzgelegenheiten belegen.

Da uns das Getümmel etwas zu heftig ist, und wir sowieso keinen einzigen freien Stuhl ausfindig machen können, entscheiden wir uns, zwei Stockwerke weiter oben in einer altbewährten amerikanischen Fastfoodkette ein ganz „un-italienisches" Essen zu uns zu nehmen.

Hightech-Bestellung per Computer!

Das geht hier alles am eigenen Bildschirm. Wir brauchen eine ganze Weile, das System zu durchschauen, suchen uns ein Menü aus, bei dem man noch diverse Soßen und Beilagen dazu- oder wegbuchen oder auch ändern könnte. Dann gehen wir mit einer Nummer zur Theke, im Vertrauen, dass wir das System einigermaßen verstanden haben. Wird alles per Visa abgebucht. Ok, dann haben wir das auch mal gemacht. Kommt sogar alles nach Wunsch… System kapiert! Wir atmen erstmal durch und lachen ob der ersten quirligen italienischen Eindrücke hier am Flughafen.

Etwa eine Stunde später nehmen wir unser Auto in Empfang und düsen los. Als wir aus Catania raus sind, fängt das Urlaubsgefühl richtig an!

Ich bin schon gleich mal begeistert von der Landschaft. In dem mediterranen Klima wachsen hier Kakteen, Oleander, Bougainvillea, gelber Ginster und natürlich Zitronen, Orangen und diverse andere Palmen und Sträucher. Soviel auf den ersten Blick. Auf den zweiten Blick entdecke ich aus dem Beifahrerfenster den Vulkan Ätna. Er steckt auch etwas in den Wolken, ist aber unverwechselbar. Oh, wie majestätisch!

Ganz oben scheint tatsächlich noch Schnee zu liegen, der anscheinend unbeeindruckt von den kleinen aber heißen Ausbrüchen, die zurzeit dort stattfinden, noch liegen bleibt. Im Winter benutzt man den Vulkan tatsächlich als Skigebiet. Das muss ein spannendes Gefühl sein, auf einem Vulkan Ski zu fahren. Und das in Südeuropa!

Aber der Berg weist nun mal stattliche 3300 Meter auf. Die exakte Höhe variiert natürlich. Je nach Ausbrüchen setzt er Masse zu oder verliert einen Teil.

So ein Vulkan hat schon irgendwie eine besondere Ausstrahlung. Geheimnisvoll, bedrohlich und überraschend. Dennoch interessant und magisch anziehend. Er zeigt sich mächtig und zerstörerisch aber gleichzeitig auch sehr fruchtbar.

Bei uns in Deutschland benutzt man Vulkanerde als eine Art Dünger. Sie beinhaltet wertvolle Mineralien.

Wenn man über Vulkanerde Informationen einholt, wird man erstaunt sein, in welchen Bereichen sie überall verwendet wird.

Vulkanerde wird in der Naturheilkunde, zur Reinigung von Wasser, zur Verbesserung der Bodenqualität sowie in der Landwirtschaft verwendet. Ebenso ist Vulkanerde in der

Industrie und in den technischen Bereichen der Raumfahrt zu finden. Vulkanerde kann in Zahncreme, in Bodylotion, Gesichtsmasken und zur Haarpflege genutzt werden. Also ist ein Vulkan durchaus nicht nur zerstörerisch.

Die Autobahn ist relativ leer. Die Strecke ist recht einfach zu finden: bis zum Meer im Norden und dann nach Westen an der Küste entlang. Wir sind ungefähr drei Stunden unterwegs in einer hügeligen und auch bergigen Landschaft. Sie ist grüner und üppiger als ich es mir vorgestellt hatte.

Die Fahrt durch das Inselinnere erweist sich als wild romantisch, aber auch als eine wenig besiedelte, einsame Gegend. Da gibt es nicht viele Ortschaften, geschweige denn Raststätten oder Tankstellen. Für uns im Moment kein Problem. Wir haben einen vollen Tank, und so weit ist unsere Etappe dann auch nicht.
Ich bin überrascht von den schönen Landschaftsformen. Sizilien ist nur sehr spärlich bewaldet. Im Laufe der Jahrhunderte wurde für Schiffsbau und Nutzflächen sehr viel gerodet. Aber auch diese weichen, fast zarten Felder und Wiesen in leicht bergigem Gelände faszinieren mich. Auf manchen Feldern blüht irgendeine violette Blumenart, die an die Provence erinnern könnte. Ab und zu taucht ein Bergdorf auf wie aus dem Nichts. Die gedeckten Farben der Häuser verschwinden völlig in den Brauntönen der Natur. Sehr passend gestaltet!

Es ist ein langer Tag heute und es wird langsam Abend, als wir kurz vor unserem neuen Heimatort noch einen

Supermarkt suchen wollen. Wir finden sogar ein ganzes Einkaufszentrum kurz vor Palermo und steuern darauf zu. Nachdem wir noch zweimal falsch abbiegen, wieder zurückfahren, nochmal dran vorbei, und dann endlich vor dem Supermarkt ankommen, ist es uns tatsächlich absolut unmöglich, einen Parkplatz auf diesem riesigen Parkgelände zu finden. Heute ist Samstag, da kaufen anscheinend auch die Sizilianer verstärkt ein. Ich kann fast nicht glauben, dass wir nicht einen einzigen Platz ergattern können!
Das gibt`s doch nicht!
Wir sind beide müde, müssen noch unser Ferienhaus finden und wirklich etwas einkaufen. Doch bloß wo? Wir fahren unverrichteter Dinge weiter.
Der italienische Autoverkehr ist ziemlich anstrengend, weil hier eigene Regeln herrschen. Außerdem ist natürlich für uns die ganze Gegend unbekannt, wir behelfen uns so gut es geht mit Navi und dem Ausschauhalten eines Supermarkt-Schildes.
Nach etwa 15 Minuten erreichen wir unsere nächste Chance: ein ziemlich großer Supermarkt mit reichlich Platz für unser Auto. Das passt!
Die nächste halbe Stunde sind wir beschäftigt, unseren Einkaufswagen mit großen Augen suchend und planend durch die Gänge zu schieben, und die wichtigsten Dinge zum Überleben - aber natürlich vor allem zum Genießen - einzupacken.
Die Sonne steht schon tief, als wir gegen 19 Uhr unser neues Zuhause erreichen. Zum Glück ist es noch hell genug, so haben wir keine großen Probleme die richtige Hausnummer zu finden.

Unsere Vermieter sprechen nur italienisch, und somit bleibt die Führung durch Haus und Garten relativ wortkarg. Das Wichtigste wird uns aber mit Händen und Füßen und dem Google-Übersetzer klar gemacht. Außerdem begutachten wir ja alles. Auf den ersten Blick sind wir sehr zufrieden mit unserer Wahl des Hauses: es gibt jede Menge Platz für uns zwei, das Haus steht sehr privat etwas oberhalb des Meeres, hat einen schönen südländischen Garten ringsherum und eine große Terrasse mit Blick auf das offene Meer. Auch den eigenen direkten Zugang zum Meer zeigt uns der Vermieter. Es fängt leicht an zu regnen, als wir die Felsenstufen hinunter zum Meer steigen. Da unten tosen die Wellen, die Möwen schreien. Super, wir sind mitten in der Natur!

Und dann, endlich! Formalitäten erledigt. Wir sind allein, schauen uns noch ein bisschen um und inspizieren die Küchenutensilien, um uns was Warmes zu kochen. Es ist gerade noch einigermaßen angenehm von den Temperaturen, um draußen zu sitzen, unsere Spaghetti zu speisen und sizilianischen Rotwein zu trinken. Die Tomatensoße hatten wir mit Zwiebeln und Knoblauch aufgepeppt, dafür mussten wir erstmal auf Salz und sonstige Gewürze verzichten - daran hatten wir beim Einkaufen nicht gedacht. Morgen richten wir uns vollends ein, denken wir gähnend.
Müde fallen wir ins Bett und schlafen von Stechmücken und Kälte geplagt irgendwann ein.

Der nächste Tag beginnt trüb und regnerisch. Genauso ist
meine Stimmung, denn von Sizilien hatte ich doch etwas
anderes erwartet: Sonne pur... In meinem Koffer befinden
sich hauptsächlich kurze Sommerkleider. Und nun ziehe ich
alles Langärmlige an, was ich dabeihabe.
In der Küche versuchen wir uns zurecht zu finden, um ein
schönes Frühstück hin zu bekommen. Wir sitzen trotz
leichtem kühlem Wind und grauen Wolken auf der Terrasse,
denn im Haus ist es tatsächlich noch kälter. Das ganze Haus
ist mit Steinplatten ausgelegt. Wunderschön aus Terracotta.
In der heißen Zeit bestimmt sehr angenehm - in diesem
Moment eher ungemütlich.

Nach dem Frühstück streune ich ein bisschen im Garten herum. Das Haus steht an einer relativ steilen Küste mit eigenem Zugang zum Meer. Ich steige die Felsstufen hinunter, vorbei an Oleander, Oliven, Agaven, verschiedenen Kakteen und anderen üppigen teils blühenden Pflanzen. Es stehen hier noch einige andere Ferienhäuser in direkter Nachbarschaft, aber wir scheinen zu dieser Zeit die einzigen Gäste zu sein. Die Nachbarhäuser sehen mit ihren verschlossenen Fensterläden noch nicht bewohnt oder vermietet aus.

Jedes einzelne Haus ist mit einer großen Terrasse und einem oder mehreren Balkonen ausgestattet. Alle zweistöckig. Die Gärten wurden liebevoll angelegt mit Pflanzen aller Art und idyllischen Ecken zum Sitzen und den Blick auf das Meer zu genießen.

Die Möwen schreien, als ich weiter hinunter zum Meer steige. Das Wasser ist ziemlich unruhig, die Wellen brausen laut und klatschen mit großer Wucht an die Felsen.

Es ist windig und wild! Diese Küste gefällt mir. Vor allem, weil sie so privat ist. Wann hat man schon mal eine eigene Badebucht? Gleichzeitig überlege ich mir, wie man da überhaupt lebend ins Wasser reinkommen kann, ohne von der Wucht des Wassers gegen die rauen Steine geschleudert zu werden! Und dort, wo das Wasser ständig über die Felsen fließt, wachsen Moose und glitschige Algen. Sie erschweren natürlich den Halt mit nackten Füßen.

Auch wenn ich die Idee hier irgendwann mal zu baden erstmal zurückstecke, gefällt mir die Atmosphäre hier unten. Ein privates Stück Küste. An den bizarren Felsen kann man sich gut festhalten und entlangklettern. Den Möwen scheint es nicht so sehr zu gefallen, dass ich sie hier störe, aber sie verziehen sich ein paar Meter weiter weg von mir. Sehnsüchtig scheue ich ihnen zu, wie sie den Wind nutzen können, um lange Strecken an der Küste entlang zu segeln. Mit weit ausgestreckten Flügeln drehen sie ihre Runden, suchen nach Fischen und rufen sich lautstark Informationen zu. Lustig zu beobachten, dass sie mittlerweile wohl ganz genau wissen, wann Fischerboote unterwegs sind. Die verfolgen sie nämlich in der Hoffnung, vielleicht einen oder zwei Fische ab zu kriegen.

Palermo

Trotz gelegentlichen Nieselregens ist es warm. Wir stürzen uns in das sizilianische Verkehrsgetümmel. In die Hauptstadt Palermo sind es nur ungefähr 15 km auf der Autobahn. Palermo muss sein heute. Mitten rein ins Zentrum der Kultur, der Politik und der Mafia!

Ein paar Worte zum Autofahren auf Sizilien: die Verkehrszeichen könnten als eine Art Deko interpretiert werden, oder sie wurden einfach hingestellt. Viele sind ausgebleicht, verbeult, oder teilweise auch mit so kleiner Schrift versehen, dass man eigentlich aussteigen müsste, um als Auswärtiger entziffern zu können, was draufsteht. Trennlinien oder sonstige mit Farbe gemalten Straßenmarkierungen wurden anscheinend einmal angebracht, aber dann nie mehr erneuert oder nachgemalt. Insofern können die Sizilianer ganz cool aus einer Straße mit ursprünglich zwei Spuren eine drei- oder vierspurige Straße machen, denn die Trennlinien sind nicht mehr sichtbar. Wie viele Spuren eine Straße hat ist demnach eine Ermessensfrage. Eigentlich immer so viele, wie Autos nebeneinander Platz haben. Heißt: man fährt in Sizilien so, wie man will, möglichst zügig, aber doch rücksichtsvoll. Wenn man sich schon nicht an die offiziellen Regeln und Beschilderung hält, dann muss man anderweitig kommunizieren. Bei Kreuzungen fährt der, der zuerst da war. Beim Einbiegen auf eine Vorfahrtstraße wartet man ein, zwei Autos ab, dann schiebt man sein Auto langsam in die Mitte der Straße vor, um sich dann auch zügig einzureihen. Wer sich da zu lange Zeit lässt - also mehr als sagen wir 15 Sekunden - der wird mit einem kurzen aber deutlichen Hupen von hinten dran erinnert, endlich mal Gas zu geben.

Die Sizilianer sind sehr flink darin, während des Fahrens alles um sich herum im Blick zu haben. Sie müssen deswegen nicht extra anhalten. Eigentlich halten sie nie richtig an. Sie schieben die Autos erstmal in die Mitte der Straße um den Verkehr aufzuhalten. Und schon haben sie ihren Platz ergattert, geben Gas und sind eingereiht.

Dann wird gekreuzt was geht. Für mich ist jeder noch dreister als der andere. Wenn ich mich an die Geschwindigkeitsbegrenzung halte, werde ich von hinten mit Lichthupe beiseitegeschoben. Echt erschreckend, wenn ich dicht überholt werde oder plötzlich ein Autofahrer quer über die Straße kreuzt. Da muss man sich dran gewöhnen...

Im Ort bleiben sie abrupt stehen, oder fahren genauso abrupt aus ihrer Parklücke einfach auf die Straße. Blinker kommen sowieso nur selten in Einsatz, aber wenn doch, dann stellen sie ihn nicht mehr zurück und blinken gemütlich vor sich hin.

Aber diese Strategie klappt tatsächlich, und je länger man sich damit beschäftigt, desto klarer und logischer werden einem diese eigenen Regeln.

Wenn man auf alles gefasst ist, trotzdem flüssig und zügig seinen Weg fährt, dann kommt man ganz gut zurecht.

Parken kann man übrigens so wie man will. Schräg, schief, mit dem Hinterteil in die Straße reinragend oder in der 2. Reihe. Es scheint alles möglich.

Ansonsten einigt man sich mündlich oder mit einem kurzen mit einem Handzeichen.

Wir fahren die *Via Roma* entlang und suchen das Parkhaus, das sich laut Reiseführer im Untergeschoss eines Kaufhauses befindet und eine ganz gute Ausgangsposition für einen Altstadtbummel sein soll. Angeschrieben ist aber nichts. Da sind wir wieder beim Thema Schilder...

Wenn man sie braucht, sind keine vorhanden, sind welche da, weiß man nicht, ob sie noch gelten. Auf jeden Fall ist da kein Parkhaus. Aber wir finden in einer Nebenstraße einen Platz. Heute ist Sonntag, da muss man vielleicht gar keinen Parkschein lösen?
Ein Italiener scheint unseren überlegenden Blick entziffern zu können. Er meint im Vorbeigehen: „No biglietto. Oggi!"- „Heute braucht man kein Ticket!"
Ok, sehr gut. Dann mal los!
Wir marschieren in Richtung Altstadt und versuchen in eine Fußgängerzone zu gelangen. Ziemlich schnell werden wir fündig. Die Gassen werden enger, die Menschenmassen dichter. Obwohl heute Sonntag ist, haben fast alle Geschäfte offen. Es ist Mittagszeit und es duftet nach allen möglichen Speisen und Gebäck. Hier zieht asiatischer Essensduft durch die Gassen, dort der typische Pizzageruch aus dem Holzfeuer, und an einer anderen Ecke riecht es nach Fisch und Muscheln.

Auf den ersten Blick erstaunt uns Palermo. Ich weiß nicht mehr, was ich mir wirklich vorgestellt hatte von dieser Stadt. Erstaunt bin ich über die vielen hohen Mietshäuser in einfachem Baustil ohne viel Schnickschnack. Die Wohnungen sind mit winzig kleinen Balkonen ausgestattet, die zugestellt sind mit Klimaanlagen, Blumentöpfen, Stühlen, Wäscheleinen, und noch allerlei Krimskrams.
Von außen wirken diese Häuser auf mich alles andere als wohnlich, geschweige denn gemütlich. Die Hauser stehen dicht aneinander, teils direkt an den großen lauten Straßen, und wurden bestimmt nach der Errichtung vor 30 oder 40

Jahren nicht mehr restauriert oder frisch gestrichen. Abenteuerliche Kabelknäuel und Massen an Müll drum herum verzieren die Häuser außerdem. Es ist bedrückend, diese Verwahrlosung anzusehen.
In der gleichen Häuserreihe können auch Häuser stehen, die einigermaßen gepflegt erscheinen. Meist aus solidem Stein gebaut. Teilweise sieht man hübsche Verzierungen oder Dekorationen an den Außenfassaden. Diese, aus dem letzten oder sogar vorletzten Jahrhundert erbauten Gebäude, wirken neben den neueren Häusern wie stabilisierende Kolosse.

Während auf der einen Seite Häuser vor sich hin verfallen und man den ehemaligen Charme nur noch erahnen kann, bleiben auf der anderen Seite Gebäude im sizilianischen Barock aus solidem Stein wohl ewig bestehen.
Wir kommen an verschiedenen Kirchen vorbei, an Kathedralen, Brunnen und Palästen. Hier erscheint Palermo in würdevollem Glanz, und wieder ist man überrascht, zwischen den engen, vollgestopften Gassen plötzlich hinter der nächsten Ecke einen riesigen *Palazzo* oder eine mächtige *Chiesa* vorzufinden, in die die EU oder die Kirchen selbst einiges an Geld für die Instandhaltung einsetzen.
Durch seine vielfältige und interessante Geschichte steigt natürlich Palermos Attraktivität!

Diese Stadt ist überraschend, erschreckend und faszinierend. Prunk und Verfall auf engstem Raum beieinander. Überall verteilt in Sizilien, aber auch auf der ganzen Insel kann man Zeichen der verschiedenen Kulturen erkennen, die im Laufe der Jahrhunderte Sizilien einnahmen, aufbauten, belebten und bewirtschafteten.
Karthager, Römer, Normannen, Byzantiner, Araber, Spanier, Österreicher, Franzosen, Italiener. Eine unglaublich reiche Geschichte!
Schon seit je her eine begehrte Insel.

Heute trifft man auf viele nie fertig gestellte Gebäude, die schon wieder zerfallen und wohl auch nie fertig werden.
Am Rand der Stadt fallen uns andere, verlassene Häuser auf, die weder renoviert noch abgerissen werden. Bleiben sie da, bis sie zerfallen Straßen? Oft werden solche Ruinen als

Müllkippe benutzt, um die sich nie jemand kümmern wird. Müllsäcke stehen, liegen, verrotten langsam in der Landschaft. Streunende Hunde suchen sich Reste daraus, um zu überleben. Es scheint eine komische Art der Gleichgültigkeit in der Luft zu liegen. Oder ist es den Sizilianern nicht wichtig, für Sauberkeit und eine gut organisierte Stadtverwaltung zu sorgen?

Schon Goethe soll auf seiner Italienreise 1787 über Palermo gesagt haben: „Woher kommt die Unreinlichkeit eurer Stadt?". Und als Antwort hörte er: „Es ist bei uns nun mal, wie es ist"
Diese Antwort könnten sie heute noch geben....
Aber so ganz kann ich das wirklich nicht glauben!
Ob man es wahrhaben will oder nicht: hier muss wohl leider die Mafia ihre Finger im Spiel haben. Was passiert mit dem Geld, das vom Staat für Sizilien da ist. Was von der EU für Sizilien da ist?

In verschieden Artikeln lese ich, dass ein Problem von Sizilien, bzw. der Hauptstadt Palermo ist, dass hier eine sehr chaotische Bürokratie herrscht. Die Verwaltung für die Restaurierung von Kulturgütern ist fehlerhaft oder schlecht ausgearbeitet. Die Gelder, die für bestimmte Projekte zur Verfügung stehen, werden nur zum Teil eingesetzt, der Rest verschwindet auf mysteriöse Weise und ohne Bericht, oder mit falschen Angaben. Man vermutet korrupte Politiker und mafiose Machenschaften dahinter, die bis heute schwer zu fassen sind.

Angeblich schafft es die Mafia von Sizilien, ca. 80% der Restaurants, Cafés oder Geschäfte mit Schutzgelderpressung zu unterdrücken und in die Armut zu treiben.

Die Ergebnisse kann man hier an fast jeder Straße sehen. Auch in der Stadtverwaltung sitzen die Mafiabrüder. Wie ein Netz sind sie in Stadt und Land verteilt. Statt in ihre Insel, deren Wirtschaft und die Bewohner zu investieren, landet das Geld wahrscheinlich zu einem guten Teil auf privaten Konten.

Aber wir schauen uns mal genauer um, wandern die Gassen entlang, die vollgestopft sind mit Läden, und erreichen eine riesige Kathedrale, die von den Normannen errichtet wurde: die *Kathedrale Maria Santissima Assunta.*
Ihre grüne Kuppel kann man schon von weitem zwischen dem Häusermeer entdecken. Vorbei am Museum für zeitgenössische Kultur gelangen wir zu einer Kreuzung, die *Quattro Canti,* an der alle vier Altstadtviertel zusammenstoßen. Nicht weit entfernt steht der große und mehrstöckige Brunnen *Fontana Pretoria.* Angeblich ließ der spanische Vizekönig Don Pedro diesen Brunnen für seine Villa in Florenz unter Beteiligung mehrerer Florentiner Künstler gestalten. Leider konnte Don Pedro die Fertigstellung nicht mehr erleben, und sein Sohn verkaufte den Brunnen 1573 an die Stadt Palermo.
Da dieser Brunnen mit zahlreichen Statuen von Nymphen und Flussgöttinnen verziert ist, zudem noch mit lebenslustigen Figuren aus der antiken Mythologie, die

allesamt auch noch größtenteils nackt dargestellt sind, stieß er auf große Empörung bei der katholischen Bevölkerung.
Im Gegensatz zu heute, wo man den Brunnen vielleicht eher als kitschig bezeichnen würde.
Und dann haben wir da noch die *Chiesa di San Cataldo,* die man im ersten Moment nicht unbedingt als Kirche erkennen kann. Angeblich ist sie die letzte Basilika in Sizilien im normannischen Baustil.
Sie wurde um 1150 unter Wilhelm I als Privatkirche erbaut und man schmückte sie sogar auch mit arabischen Ornamenten

Ja, Palermo hat einiges an Geschichte zu bieten, und man möchte es den Sizilianern wirklich gönnen, ihre Gegenwart mit ebenso denkwürdigen Erinnerungen zu versehen. Wir wollen alle nicht beim Gedanken an Sizilien, Müll, Verfall und Armut als vorherrschende Bilder im Kopf sehen, sondern auch die Verantwortung der Menschen dort für ihr schönes Land.

Wir schlendern durch die Gassen der Fußgängerzone und bekommen angesichts der vielen kleinen Bistros, Paninerien und Ristoranti Lust auf ein Gläschen Wein und etwas zu Essen.
Ein kleines Lokal lacht uns an. Noch scheint etwas die Sonne, und wir setzen uns unter einen großen weißen Sonnenschirm an das letzte freie Tischchen. Bei *Vino bianco* und einer *Piadina* mit luftgetrocknetem Schinken, lassen wir die ersten Eindrücke dieser Stadt auf uns wirken.

Auf jeden Fall sind wir definitiv Mitten in Sizilien, denn die Atmosphäre am Sonntag in der Innenstadt kann italienischer nicht sein: laut, bunt, lebendig.
Auch wenn für uns unübersehbar die Armut an jeder Ecke zu erkennen ist, strahlt Palermo einen gewissen Stolz aus. Und den hat sie sehr wohl verdient.

Piadina

*Einfach und einfach lecker
für Zwischendurch.*

Dünnes Fladenbrot oder Wrap
Etwas Frischkäse oder Creme fraiche
Luftgetrockneter Schinken
Rucola
Grob gehobelter Parmesan
Aceto Balsamico zum Beträufeln

Panini

Gibt es auch frisch zubereitet an Autobahnraststätten!

Dünne Weizenbrötchen
Luftgetrockneter Schinken
Mozzarella
Rucola
Olivenöl und Aceto Balsamico zum
Beträufeln
Kurz

Leider verdichten sich die Wolken wieder, und es beginnt sogar leicht zu nieseln an. Der arme Wirt versucht alle Gäste sicher unter die Sonnenschirme zu platzieren. Er zieht die schweren Schirme mal hierhin, mal dorthin, bis alle im Trockenen sitzen.

Natürlich haben wir gestern beim ersten Großeinkauf noch einige wichtige Dinge vergessen. Trotz des Sonntags sind wir guter Hoffnung, irgendwo einen kleinen Laden zu finden, um noch Wasser mit Kohlensäure, Servietten, Salz und Pfeffer zu bekommen.
Der Supermarkt gestern hatte viele verschiedene Sixpacks mit Wasser. Aber ausschließlich stilles Wasser. Und wir bestehen eigentlich aus Gewohnheit auf ein Mineralwasser mit zumindest *etwas* Kohlensäure.
Nach längerem Suchen hatte ich gestern dann doch einzelne Flaschen im Regal gefunden. Nur stellten die sich zu Hause als süßer Sprudel raus! Äußerlich auf dem Etikett stand meiner Meinung nach wirklich nichts Erkennbares drauf. Nur beim Kleingedruckten, bei der Zutatenliste auf der Rückseite konnte man dann doch einen erhöhten Zuckeranteil ausmachen. Na ja. Das ist eben Schicksal. Für den ersten Abend nicht so schlimm, aber heute wollen wir deswegen nochmal ganz gezielt nach „Acqua frizzante" oder „Acqua gassata" fragen.
Ähnlich wie mit dem Wasser erging es uns gestern auch mit der Milch. Wir suchten in einem Regal, das voll war mit Milch oder milchähnlichen Getränkepackungen, eine ganz normale Vollmilch von der Kuh ohne Geschmackszusätze, unverdickt und mit normalem Fettgehalt.

Mit etwas ratlosen Blicken versuchten wir aus den Beschriftungen irgendetwas herauszulesen, was es sein könnte. Wir wollten keine Soja-, Hafer-, Ziegen- oder 0%milch erwischen. Auch hier entschieden wir uns blind für eine Milchpackung die relativ nüchtern aussah. Es stand „Latte" und „Bio" drauf. Müsste eigentlich stimmen!
„Sale e Pepe per favore" Das klappt doch schon super!
Wir entdecken einen kleinen Laden, der bis oben hin vollgestopft ist mit Lebensmitteln, Seife, Waschmittel, Batterien, Obst und sonstigem Allerlei.
Wir versuchen als nächstes mit Gesten zu beschreiben, dass wir noch Servietten brauchen. Und das richtige Wasser steht schon vor einer Kühltheke bereit zum Mitnehmen.
Den Verkäufer freut es, dass wir bei ihm einkaufen. Oder dass wir zumindest voll motiviert sind, mit unseren nichtvorhandenen Italienisch-Sprachkenntnissen in seinem Laden einzukaufen.
Er erzählt, er stamme aus Bangladesch und teilt uns noch einige Dinge aus seinem Privatleben mit. Natürlich fragt er woher wir kommen, und dass er auch schonmal in Deutschland war. „Frankfurt, jaaa, Frankfurt!" Er lacht und würde bestimmt noch viel mehr erzählen.
Uns reicht das Gewusel der sizilianischen Großstadt für heute. Wir sind froh, dass wir in dem Irrgarten an Gassen unser Auto wiederfinden und fahren zu unserem Häuschen zurück.

Cefalú

Der Tag heute beginnt mit etwas freundlicherem Wetter. Ich blinzle genüsslich in die Sonne, als ich die Fensterläden zur Terrasse öffne.
So fühlt es sich schon besser an. Da ich eher auf heiße Temperaturen eingestellt war, habe ich nur wenig warme Sachen zum Anziehen eingepackt. Zum Glück haben wir ja einen Ausflug zum Ätna geplant, so dass ich jedenfalls dafür die wärmeren Jacken eingepackt hatte. Jetzt kann ich sie hier unten am Meer auch gut brauchen... Die Abende sind noch recht kühl.
Aber es soll besser werden laut Vorhersage.

Nach dem Frühstück entschließen wir uns, in das hübsche Städtchen *Cefalú* zu fahren. Eine Kleinstadt, auch an der Nordküste, die schon bei den Normannen als Kleinod galt.
Beliebt heute bei den Touristen wegen des langen Sandstrandes oder des *Rocca di Cefalú* - einem 270 Meter hohen Kalkfelsen - nach dem angeblich diese Stadt benannt wurde: „*Cephaloedium*" - Kopf, Haupt.
Ebenso beliebt natürlich wegen der netten Gässchen in der Altstadt, wieder mit endlosen kleinen Läden, Cafés, Restaurants und vielen Handwerksbetrieben.
Die Altstadt liegt im Anschluss an den Badestrand ganz vorn an der Spitze einer Landzunge, am Fuß des Rocca di Cefalú.

Nach ungefähr einer Stunde Fahrt erreichen wir die Küstenstadt Cefalú und parken entlang einer Straße direkt

am Meer. Hier befindet der schöne Badestrand und hier ist auch der Beginn der historischen Altstadt.
Es herrscht wahrscheinlich noch nicht so viel Trubel wie im Sommer, aber man merkt, dass Cefalú ein sehr beliebtes Ausflugsziel ist.

Gemütlich schlendern wir bergauf durch die Altstadt und sind fasziniert von den Farben, den Gerüchen und den künstlerischen Exponaten, die rechts und links dargeboten werden. Mit den süß gefüllten *Cannoli* angefangen, über Honig, Ölen, Käse, Wein, bis hin zu Gemälden und Keramik mit Motiven von Cefalú oder der sizilianischen Küste, kommt keiner der menschlichen Sinne und Gelüste zu kurz.

Der Duft von Espresso, Rosmarin, Fisch und Zitrone zieht durch jede Gasse.

Wir erreichen die Kathedrale von Cefalú an einer *Piazza* mit mehreren Cafés. Die Kathedrale ließ ein Normanne namens Roger II, der später der „Graf von Sizilien" genannt wurde errichten. Roger II war 1130 n. Chr.an der Nordküste Siziliens in einen Sturm geraten, und konnte sich bei Cefalú an Land retten. Die Kathedrale sollte seine Dankbarkeit an Gott ausdrücken, der ihn den Sturm hatte überleben lassen. Später wurde sie seine Grabkirche.

Ende des 20. Jahrhunderts kamen kunstvoll entworfene Glasfenster dazu mit biblischen Motiven – die „Glasfenster von Cefalu´"

Wir genießen ein Glas *Vino bianco* in der Sonne. Die Stimmung hier ist ruhig und entspannt, obwohl sehr viel Menschen unterwegs sind hier im Städtchen. Natürlich zählt man viele Touristen, dann einige Händler mit ihren überladenen Pickups, die ihre Waren präsentieren, und die hiesigen Sizilianer, die einkaufen, palavern, oder musizieren.

Ewig könnte man hier sitzen, dem Treiben zusehen, die Chips, Erdnüsse und kleine *Tappas* vor sich hin essen, die der Kellner einfach auf den Tischen verteilt, ohne dass wir sie bestellt hatten. „Das wird dann nachher alles auf der Rechnung stehen …", bemerken wir belustigt. Doch die Häppchen sehen lecker aus, und wir nehmen sie gerne an. Aber, als wir schließlich doch aufbrechen wollen und um unser „*Conto*" bitten, stehen nur knapp 10 Euro für die Getränke auf der Rechnung.
Ja, auch durch solche Aufmerksamkeiten wird Cefalú in positiver Erinnerung bleiben.

Immer wieder fallen uns die schönen bunten Kunstwerke aus Keramik und Stein, oder die Gemälde auf. Oft sind sie in bunten Farben bemalt. Oft sind die Gestirne abgebildet, vor allem Sonne und Mond, oder dann natürlich das Meer, die Insel Sizilien, die weißen Häuser der Küstenorte und die Fischer.

Es gibt auch verschiedene Keramikköpfe, wie zum Beispiel der *Testa di Moro* - der „Mohren"-Kopf, der sich manchmal neben einem hellhäutigen Mädchenkopf zeigt. Diese Szene stammt von den Arabern, als sich ein dunkelhäutiger junger Mann in eine Einheimische verliebte. Doch der Mann sollte bald wieder in seine Heimat zurück, worauf das Mädchen so wütend wurde, dass sie ihm den Kopf abschlug und Basilikum hineinpflanzte.

Daraufhin wurden die Nachbarn neidisch ob des hübschen Gefäßes und wollten auch eines. So entstand die Kunst der Keramikköpfe….

Von den Mauren blieben die farbigen, mit Zinn glasierten Teller, Gefäße, Fliesen und genauso die maurischen Köpfe. Auch dieses Handwerk wir weiterhin im damaligen Stil beibehalten.

Dann sehen wir natürlich in jeglicher Form die *Trinacria* - das Wahrzeichen Siziliens.
Sie ist ein Abbild der griechischen Medusa - die Tochter der Meeresgötter. Eine betörende Schönheit. Sie kann den Blick Anderer versteinern.
Ihre drei Beine werden unterschiedlich gedeutet:
Sizilien sieht auf der Landkarte aus wie ein Dreieck.
Hervorgehoben durch die drei Kaps im Westen, im Osten und im Süden.
Die nächste Dreiheit sind die drei Meere, die sich bei Sizilien treffen: das Tyrrhenische Meer, das Ionische und das Mittelmeer.
Die drei Beine könnten aber genauso gut Schaufeln einer Windmühle symbolisieren, die es auf Sizilien, zB. bei *Trapani* im Westen zur traditionellen Salzgewinnung noch gibt.
Vielleicht existieren weitere Deutungen. Da kann sich jeder seine eigene Variante aussuchen.

Wir schlendern wieder ans Meer zurück und setzen uns in ein Ristorante gleich am Strand. *„Ragno d`oro"* steht auf dem Schild am Eingang. Nachdem wir unsere Pasta bestellt haben, schauen wir als Nicht-Italiener im Internet nach, was *„Ragno d`oro"* auf Deutsch übersetzt bedeutet. Es heißt *„Die goldene Spinne"* Unglaublich! Das Restaurant heißt tatsächlich „Goldene Spinne"!

Und angeblich ist das auf Sizilien oder in Italien ein gängiger Name für ein Restaurant. Wie bei uns vielleicht „Goldener Adler".
Ungewöhnlich, aber lustig: wir speisen also in der goldenen Spinne.

Da es angenehm warm ist, möchte ich hier anschließend noch gern ins Meer zum Baden. Seit wir hier auf Sizilien sind, bin ich noch gar nicht eingetaucht in das frische Salzwasser. Und es ist wirklich noch recht frisch. Die Sonne hatte noch nicht viel Gelegenheit, Wasser und Luft aufzuwärmen. Auch für Sizilien ist dieses Jahr wohl eine kältere Ausnahme.

Die Leute hier am Strand mieten sich Liegestühle und sonnen sich, schlafen, lesen.

Es ist ein reiner Sandstrand mit türkisblau leuchtendem Wasser. Ein paradiesisches Postkartenbild wie in der Südsee! Klar, bis man mal drin ist, kostet es schon einiges an Überwindung. Der Sog der Wellen zieht und schiebt an meinen Beinen.
Aber dann! Ich stürze mich einfach vollends rein. Super erfrischend!
Neben mir über ein paar Wellenreiter ihren ersten Ritt. Ansonsten sind außer mir kaum Schwimmer im Wasser. Wahrscheinlich hat die Badesaison aufgrund der Temperaturen noch nicht richtig begonnen. Ich finde es herrlich! Nachdem ich mich durch die Wellen hindurchgeschlagen habe, wird das Wasser weiter draußen ruhiger. Ich drehe mich auf den Rücken und genieße von hier aus nochmal einen tollen Blick auf Cefalú, wie es kompakt und sehr malerisch auf der Landzunge mit leichter Anhöhe daliegt. Heute wie damals: idyllisch!

„In Sizilien kann man in einem Jahr reich werden, wenn man nicht vorher ermordet wird"

(Unbekannt, aus Sizilien)

Monte Pellegrino

Die Sonne scheint! So fühlt sich Italien an! Die Wärme auf der Haut schon am frühen Morgen um 8 Uhr fließt wie ein wohliger, entspannender Strom durch den Körper. Gestern Abend flüchteten wir dann doch so gegen acht Uhr ins Haus. Das ist noch nichts mit abends gemütlich Wein trinkend auf der Terrasse sitzen und in den Sternenhimmel schauen...

Das Meer rauscht, die Möwen lachen, die Farben scheinen heute bunter als die letzten Tage.
So lässt es sich leben! Ein wunderbares Frühstück mit italienischem starkem Kaffee, aufgebackenen Brötchen, *Prosciutto e Formaggio* und dazu der strahlend blaue Himmel und die knallroten Hibiskusblüten, Bougainvillea in violett und der Kaktus mit gelben Blüten. Der ewige Frühling Siziliens!

Heute steht der Monte Pellegrino auf dem Programm. Die Sicht wird gut sein. Von dort oben kann man auf die ganze Stadt Palermo hinunterschauen. Ich liebe es, irgendwo hinaufzufahren, oder hinaufzusteigen und einen tollen Panoramablick über die Gegend zu haben, in der ich mich befinde.
Monte Pellegrino, der „Pilgerberg", ist ein etwa 600 Meter hoher Berg am nördlichen Ende Palermos. Und es ist nicht etwa der Berg dessen Quelle für das gleichnamige Mineralwasser genutzt wird! Nichts desto trotz war oder ist er eine Wallfahrtsstätte.

Soweit man aus vagen Informationen weiß, lebte in dieser Gegend um 1100 n. Chr. die Eremitin Rosalia, die sich auf dem Berg in eine Grotte oder Höhle zurückzog und ihr Leben ganz und gar Gott widmete. Angeblich wuchs sie als Tochter eines Grafen am königlichen Hof auf. Aus politischen Gründen musste sie den Hof verlassen, da die Familie enteignet und Rosalias Vater hingerichtet wurde.
So flüchtete sie auf den Monte Pellegrino.
Ungefähr nach sechs Jahren starb sie dort. Als man den Leichnam irgendwann später entdeckte, tief unten in einer solchen Grotte, war er erstaunlicherweise unverwest. Auf dieses Phänomen hin wurde Rosalia heiliggesprochen und nach Palermo überführt. Just in der Zeit, als Rosalias Leichnam in der Kirche aufgebahrt war, endete die grausame Epidemie der Pest. So wurde sie auch noch zur Schutz-patronin der Stadt Palermo erklärt.
Da es keinerlei Angaben über das wirkliche Leben und die genauen Daten gibt, wurde aufgrund der Reliquien ihr Leben nachvollzogen.
Sie sei sehr willensstark und temperamentvoll gewesen. Vielleicht hat sie da her den Namen Mafiaheilige bekommen...
Das war Rosalia.

Und hier sind wir am Fuße des Monte Pellegrino angekommen, nachdem wir uns durch die engen Straßen Palermos geschoben haben, um jetzt eine etwa 9 Kilometer lange Serpentinenstraße hinauf zu fahren. Die Straße erweist sich als sehr gut und nach jeder Kurve bietet sich ein noch schönerer Blick auf Stadt und Hafen.

Es sind viele Radfahrer unterwegs, die sich den Monte erkämpfen. Dafür ziehen sie sich ihre Tour-de-France-Kluft an, schwingen sich auf ein Rennrad, nehmen Wasser, Bananen und Müsliriegel mit und treten dann laut mit den Mitstreitern palavernd in die Pedale. Ich schätze, bei guter Kondition erreichen sie den Gipfel nach einer Stunde.

Man kann in ca. 3 Stunden auch hinauf laufen. Als echten Pilgerwanderung. Dieser Weg verläuft ziemlich grade den Berg hinauf. Immer wieder kreuzt er die kurvige Straße und ist so ziemlich die kürzeste Strecke auf den Berg hinauf, dafür recht steil.

Auf halber Höhe halten wir kurz an für Fotos. Ich bin begeistert von der Aussicht! Der Blick zeigt nicht nur die riesige Stadt und den Hafen mit seinen zwei, drei herausragenden Kreuzfahrtschiffen oder Fähren, sondern auch die bergige Umgebung. Palermo ist von vielen größeren und kleineren Hügeln umgeben, die zum Wandern einladend aussehen. Inwiefern die Sizilianer wirklich Wanderwege ausgebaut haben…. wage ich nicht zu schätzen.

Der Zugang zum Meer gibt Palermo natürlich einen hellen und offenen Charakter. Es wirkt nicht so düster und grau wie manche großen deutschen Städte, aber hier sucht man natürlich auch die hohen modernen Büro- und Bankgebäude vergeblich. Die zahlreichen hohen Kästen werden eher alle als Wohnhäuser fungieren.

Nein, modern ist diese Stadt wirklich nicht. Aber sie wirkt lebendig und fröhlich!

Unsere Bergfahrt beenden wir oben an einer Kirche. Sie ist das Heiligtum der Rosalia.

Hier sind nur begrenzt Parkplätze vorhanden dafür viele Stände, an denen man Souvenirs kaufen kann - oder soll. Vor allem Kreuze, Holz- oder Plastikikonen, Heiligenbildchen, aber auch Spielzeug für den Strand, T-Shirts, Süßigkeiten und Zeitschriften. Wir stellen unser Auto ab und laufen ein bisschen durch den angrenzenden Eukalyptuswald. Hier ist es wunderbar ruhig, jedoch gibt es leider keinen Fußweg im Wald, und so müssen wir auf der Straße gehen.

Aber viel los ist hier wirklich nicht. Ab und zu überholt uns ein Auto oder Fahrradfahrer. Es ist Werktag heute, und außerdem wie gesagt noch keine Hauptsaison. Am

Wochenende ist das hier ein beliebtes Ausflugsziel für die Städter.

Nach etwa zwanzig Minuten kommen wir aus dem Wald heraus.

Hier präsentiert sich uns ein toller weiter Blick auf die Nordküste hinter Palermo. Große Wiesenflächen verlaufen steil hinunter in Richtung Küste. Ein bisschen sieht es aus wie im Allgäu: grün und saftig. Dahinter das endlose tiefblaue Meer. Ein beeindruckender Anblick von hier oben!

Wir erreichen die Spitze des Berges. Auf einem Felsen steht das Standbild der heiligen Rosalia. Sie blickt über das Meer. Genau das tun wir auch. Wir entdecken eine Küstenstraße angrenzend an das türkisblaue Meer. Eine richtige Bilderbuchszenerie. Es gibt tatsächlich so viele Sandstrände auf Sizilien. Wir beschließen diesen Küstenstreifen nachher zu erkunden. Gleichzeitig umgehen wir dadurch auf der Rückfahrt das zeitraubende Verkehrschaos in Palermo.

Auf dem Rückweg zu unserem Auto hören wir schon von weitem einen ohrenbetäubenden Lärm. Oh, Ende der Idylle! Was bis jetzt so friedlich war, wird durch den furchtbar lauten Krach eines Motorrades durchschnitten, das mit viel zu hoher Geschwindigkeit auf uns zurast. Wir springen tatsächlich erschrocken in die Büsche neben der Straße. Bei solchen elenden Rasen weiß man ja nie... Ich kann nur mit dem Kopf schütteln über so einen Auftritt. Wir halten uns die Ohren zu, als er an uns vorbeibraust. Eine Höllenmaschine auf dem heiligen Berg. Was für ein Stilbruch!

Natürlich braust er auf die gleiche Weise 5 Minuten später wieder an uns vorbei. Wir hören ihn anschließend noch eine ganze Weile die Serpentinen hinunterknattern, bis endlich wieder Ruhe im Wald einkehrt.

Wir erreichen unser Auto und fahren den Monte wieder hinunter, nicht ohne nochmals den Überblick auf die Stadt *Palermo* zu genießen.

Das Autofahren in Sizilien ist immer wieder eine Erwähnung wert! Langsam passe ich mich der Fahrweise schon ganz gut an. Zügig fahren, nicht zu lange warten, dreist aber rücksichtsvoll. Sizilianer rasen nicht. Aber sie schummeln sich von rechts und links durch die Reihen, erscheinen plötzlich auf der rechten Seite, obwohl da gar kein Fahrstreifen ist, und ziehen vor mir rein. Es ist anstrengend in dem Getümmel auf alle zu achten, dennoch löst sich auch das dichteste Autoknäuel schnell auf. Und das ohne Geschrei, ohne Aggressionen, ohne wütendes Gebrüll. Das Hupen darf man in Sizilien nicht negativ bewerten. Es bedeutet: „Fahr mal los!"

„Fahr mal schneller!"

„*Stopp*, jetzt komme erst ich!"

„Ciao Maria, come stai?"

Wir fahren die verkehrsreiche aber schöne Küstenstraße bis zum Stadtteil *Mondello*. Wir wollen dort Mittagspause machen, und suchen einen Parkplatz in der Nähe des Meeres. Was uns dort erwartet, lässt meine Augen riesengroß werden. Ein kilometerlanger Sandstrand! Weißer Sand, hellblaues Meer! Genial!

Gefühlt stehen hier etwa tausend Liegestühle, schön farblich nach Eigentümer geordnet. Man kann sie sich für einige Euros mieten.

Surfer, Segler und Tretbootfahrer freuen sich über die guten Windverhältnisse und die Wellen Wind, Wellen. Da ist für alle genügend Platz!

Hier muss ich nochmal her zum Baden! Denn heute habe ich meine Badesachen nicht dabei. Dafür müssen wir die Fahrt unbedingt nochmal auf uns nehmen. Dieser Strand in Mondello reizt ungemein.

Wir finden ein nettes Restaurant ganz in der Nähe. Daran anschließend ist eine *Pasticceria*, eine Konditorei. Im Innenraum stehen mehrere Kühltheken und Vitrinen mit unglaublichen Köstlichkeiten! Kleine Küchlein mit verschiedenen Beeren, Schichten, Glasuren. Mit Nugat gefüllte *Cannoli*, alle Arten von Plätzchen, mit Mandeln, Marzipan, Schokolade, mit Krokant betreut, und, und, und. Törtchen, Kuchen, Muffins - in allen Formen und Farben.

Da wir aber zum Mittagessen herkommen, gehen wir dran vorbei, erstmal... und suchen uns einen Tisch draußen unter den großen Bäumen.
Wunderbare Dinge gibt es hier zu essen, und es fällt uns schwer uns zu entscheiden.
Ich wähle einen Fisch *"Ombrina palermitana"*. Es ist wohl eine Barschart mit Tomaten, Kapern und Oliven. Sehr lecker!

Ombrina palermitana (oder siciliana / eolico)

*Ombrina ist eine Barschart unter anderem aus dem
Mittelmeer. Für dieses Gericht nimmt man in Sizilien auch
Dorade oder Schwertfisch.*

Fisch im Ganzen oder als Filets
Kapern, grüne und schwarze Oliven nach Belieben
Cocktailtomaten
Petersilie, Basilikum, Oregano
Weißwein
Knoblauch, Olivenöl, Salz

Den Fisch anbraten, Oliven, Kapern, Tomaten und Knoblauch
dazu.
Mit Weißwein ablöschen und schmoren lassen.
Kräuter und Gewürze dazu.

Aspra und Bagheria

Der nächste Morgen beginnt wieder sehr trüb. Es ist feucht und kühl. Das Meer ist völlig glatt. Es ist still. Und gleich ist die ganze Stimmung eine andere. Die Luft steht, nur die Möwen plappern weiter vor sich hin. Ohne das Meeresrauschen fehlt etwas. Man gewöhnt sich wirklich dran.
Ich bin etwas enttäuscht, dass sich die Sonne nicht blicken lässt. Im Gegenteil: es sieht so aus, als könnten die dunklen Wolken demnächst eine Portion Regen abwerfen.

Wie jeden Morgen steige ich die Treppen und Felsenstufen hinunter zum Meer und zu meinem eventuellen Privatzugang ins Meer. Ich möchte wissen, ob ich nicht doch irgendwie ins Wasser hineinkomme, jetzt, wo es sich so beruhigt hat. Es sieht tatsächlich ganz anders aus heute hier unten. Das Wasser ist ganz klar, man sieht die Felsen und Steine im Wasser sehr deutlich. Dennoch scheint es mir zu gefährlich, über die moosigen, glitschigen, aber spitzen Felsen ins Wasser zu steigen. Ich wäre mir zu unsicher auf den Füßen. Wenn man da ausrutscht, landet man auf dem ziemlich spitzen und scharfkantigen Fels.
So vertröste ich mich auf ein Bad am Strand von Mondello. Irgendwann.

Trotzdem frühstücken wir draußen und überlegen, was wir heute unternehmen wollen. Eigentlich interessiert uns auch mal die nähere Umgebung unseres Zuhauses. Es gibt eine Reihe kleiner Ortschaften, durch die wir teils schon durchgefahren sind. Aber dadurch, dass wir so konzentriert auf den Verkehr und die richtige Richtung achten mussten, haben wir bisher von den Städtchen um uns herum noch nicht viel gesehen.

Also machen wir uns auf in den Nachbarort *Aspra*.
Im Internet hatten wir uns schon ein bisschen belesen.
Angeblich gibt es einen netten kleinen Fischerhafen und eine Altstadt mit Geschäften, Pizzerien, Bars und Kneipen.
Aspra bedeutet auf Arabisch: „Stein" und tatsächlich hat man hier über Generationen hinweg Steinblöcke aus den Bergen gehauen und verarbeitet.
Ansonsten verdienten und verdienen sich die Menschen in Aspra mehr oder weniger mit Fischfang ihren Lebens-unterhalt, und mit ihren Zitronenplantagen.
Sizilien – das Land in dem die Zitronen blühen. Dabei ist sie eine von den Arabern vor etwa eintausend Jahren eingeführte Pflanze.
Auf der Insel wachsen Millionen Citrus-Bäume, und hunderttausende Tonnen Früchte werden jährlich geerntet. Durch die vulkanische Asche bekommen die Zitronenbäume die besten Mineralstoffe. Es gibt viele Rezepte in Italien und Sizilien, bei denen die Zitrone nicht fehlen darf.

Granita di Limone

(Zitronen-Sorbet) Gibt nichts Erfrischenderes!

1 Liter Wasser
300g Zucker
7 – 8 Zitronen

Den Zucker im erwärmten Wasser auflösen. Dann den Saft der ausgepressten Zitronen dazugeben.
In Eiswürfelbehälter füllen und abkühlen. Einfrieren, und bei Bedarf in einem Crusher oder der Küchenmaschine fein crushen.

Aspra wirkt etwas ausgestorben. Es gibt ein paar wenige Fischhändler, die direkt an dem kleinen Hafen ihren frischen Fang verkaufen. Die typischen bunten Fischerboote schaukeln gemeinsam im Hafenbecken und werden vom letzten Ausflug gesäubert.

Wir entdecken eine Pizzeria, ein Café, zwei oder drei Kneipen die gegen Abend aufmachen, und eine Bäckerei. Ansonsten finden wir beim Rundgang durch den Ortskern leider außer ziemlich verwahrlosten und maroden Häusern keine kulinarischen Angebote oder sonstigen Läden. Der einzige Supermarkt, bei dem wir schon selbst eingekauft haben, liegt irgendwo zwischen den Wohnhäusern.

Wir schauen in vermüllte Hinterhöfe, in teils leerstehende Bauruinen und verlassene Wohnungen. Auf der Gasse vor ihrer Küche sitzen ältere, aber auch jüngere Menschen. Die steigende Arbeitslosigkeit wird uns hier wieder bewusst. Das einstmals angeblich schmucke Städtchen mit Jobs für die Bewohner, Handwerk, florierenden Geschäften und villenartigen Häusern, ist heute eine ärmliche, aussterbende Ortschaft ohne wirkliches Leben. Selbst der Strand neben dem Hafen sieht eher einer Müllkippe gleich, als einem eigentlich recht zugänglichen Badestrand.

Schade. Es erwischt uns etwas kalt, dass Häuser und ganze Ortschaften nicht gepflegt werden. Die Gehwege wuchern zu, Wurzeln reißen die Platten und den Asphalt auf, die Büsche wachsen bis hin zur Straße, und der Müll liegt überall verstreut herum. Was funktioniert hier nicht?

Ich habe gehört, dass die Strände in einer großen Aktion für den Sommerbetrieb gereinigt werden, und dann sehr ordentlich aussehen. Vielleicht passiert das ja noch...
Es ist ganz bestimmt nicht so, dass es den Sizilianern egal ist. Auch sie sehen die Zustände ganz genau, die in ihrem Land herrschen. Mancherorts gibt es Bürgeraktionen, in die sich Freiwillige einbringen können, um gemeinschaftlich loszuziehen, Schritt für Schritt den Müll an verschiedenen Stellen in der Landschaft einzusammeln. Aber das ist wie gesagt „freiwillig"! Verantwortlich wären mit Sicherheit Stadt oder Land.

Anscheinend fühlen sich viele Menschen bei der Mülltrennung schon gar nicht angesprochen, geschweige denn bei der ordnungsgemäßen Entsorgung. Richtige Mülltonnen sind die Seltenheit. Die häufigste Variante sind Plastiktüten, die vors Haus gestellt werden, um von der Müllabfuhr abgeholt zu werden.

Wir sehen einige Grundstücke, vor deren Zugang Mülltonnen an der Straße stehen. Sogar in verschiedenen Farben für die Trennung von Restmüll und Plastik. In größeren Städten gibt es sogar Container an der Straße, auch für Glas. Die sind meistens hoffnungslos überfüllt und natürlich Anziehungspunkt für allerlei Getier. Genau deswegen sieht man am Straßenrand überall diese zerfetzen, aufgebissenen Mülltüten, an denen sich Ratten und ähnliche Tiere auf der Suche nach etwas Essbarem zu schaffen gemacht haben.

Gründe für diesen Missstand werden politischer Art sein, wahrscheinlich spielen auch gewisse korrupte Großfamilien auf Sizilien eine Rolle dabei, dass Müll gar nicht abgefahren und ordnungsgemäß entsorgt wird.

Als Außenstehende will ich da gar nicht urteilen, Fakt ist nur, dass der Müll in der Landschaft und auf oder im Meer nichts zu suchen hat. Seltsamerweise funktioniert anscheinend in den Touristengebieten wie Cefalù oder Taormina die Müllabfuhr und -entsorgung scheinbar sehr gut...

Wir laufen zu unserem Auto zurück, kaufen in einer Bäckerei am Hafen noch ein paar kleine Pizzen für heute Abend und ein Brot fürs Frühstück. Hier staunen wir über den Preis, den

uns die Verkäuferin nennt. Die Backwaren kosten uns nur ungefähr 4 Euro. Das ist mal ein „günstiges" und super leckeres Essen heute Abend!
Überraschend sind die Preise hier in Sizilien seit dem Euro ja nicht mehr oft, aber gerade in den kleineren Läden oder in kleineren Ortschaften hat man bei den heimischen Produkten hin und wieder richtig Glück.

Bagheria ist unser nächstes Ziel. Nach circa einer Viertelstunde erreichen wir das Zentrum und finden sogar einen Parkplatz in der Nähe der Fußgängerzone.
Im 17. Jahrhundert baute sich der Sohn einer Adelsfamilie hier ein Schloss in mittelalterlich prunkvollem Stil. Der Bau dieser *„Villa Butera"* gilt heute als Gründung der Stadt Bagheria.
Die weiteren Nachkommen dieser Adelsfamilie planten und gestalteten die Stadt. Viele andere derzeitigen Adligen zogen daraufhin aus der Großstadt Palermo aufs Land, hierher nach Bagheria. Aufgrund dessen entwickelte sich die Stadt zu einem „Luxusort" für die Reichen. Auffallend durch moderne und pompöse Bauweisen der jeweiligen Villen, inklusive ihrer großen, ausladenden und exotischen Gärten. Dass man von dieser Pracht heute nicht mehr viel sieht, ist angeblich darauf zurück zu führen, dass durch den Niedergang des Adels und dem Aufstieg der *„Cosa nostra"*, der sizilianischen Mafia, die großen Gärten mit minderwertigen Wohnblöcken zugebaut wurden. Die Villen verfielen.
Teilweise versucht man heute den übriggebliebenen Villen zu ihrer damaligen Schönheit zu verhelfen. Es wird und

wurde viel restauriert, so dass einige Villen für touristische und kulturelle Zwecke genutzt werden können, und man Gelegenheit hat, sich gedanklich in die Zeiten Blüte zu versetzen.

Bagheria liegt auf einer malerischen Landzunge etwas erhöht, so dass man die Wahl der Gründung der Stadt genau an diesem Fleck der Erde gut verstehen kann.

Gerade in der Fußgängerzone sieht man die Ergebnisse der Restaurations-Bemühung!

Erstaunlich, dass nebeneinanderliegende Orte wie Aspra und Bagheria so unterschiedliche Schicksale haben können...

Allein schon die Fußgängerzone wirkt fast großstädtisch. „Mondän" wäre jetzt etwas übertrieben, war aber angesichts der schön renovierten Bauten bestimmt zu früheren Zeiten das passende Wort. In dieser Stadt sieht es auf jeden Fall nach Geld aus.

Leider sind wir mitten in die Siesta hineingekommen. Es ist schon nach ein Uhr Mittag, und wir wollen eigentlich hier eine Kleinigkeit essen. In der Fußgängerzone gibt es viele Boutiquen, Banken, Apotheken, Shops für die neuste Technik von heute, Bäckereien und Fischläden, aber nur wenige Restaurants.

Wir kommen an einem kleinen Fischladen vorbei, der direkt an ein Café grenzt. Eine etwas unglückliche Lage, denn der Fischgeruch zieht natürlich einen großen Radius. Als ich in den Laden hineinschaue, liegt da ein riesengroßer Thunfisch auf dem Ladentisch. Ich war überrascht von der Größe. Einen ganzen Thunfisch hatte ich noch nie gesehen.

Es werden Scheiben von ihm abgeschnitten, die meiner
Schätzung nach um die 40 cm Durchmesser haben. Dieser
Fisch musste leider schon die Hälfte seines Körpers
einbüßen, aber 2 Meter lang war der bestimmt!

Wir finden ein nettes Bistro und können grade noch draußen
sitzen. Es ziehen schon wieder Regenwolken auf. Mit einem
Pullover ist es aber ganz angenehm. Wir bestellen wie
immer eine Karaffe Weißwein aus der Gegend und ein
belegtes Panini mit *Bresaola, Grana Padano,* etwas
Basilikum, und das Ganze mit *Limonenöl* beträufelt.
„Molto gustoso!"

Capo Zafferano

Sonne! Heute eröffnet sich uns morgens ein strahlend blauer
Himmel, die Sonne steht schon hoch und es hat knapp 20 °C
um acht Uhr. Das Meer bekommt wieder eine ganz andere
Farbe. Bei trübem Wetter scheint es grau oder fast schwarz.
Heute, von der Sonne beschienen, leuchtet es in Türkis, Grün
und Blau. Faszinierend, wie sich allgemein die Farben
verändern. Natürlich treten auch die Farben der Pflanzen
intensiver zum Vorschein.

Unsere Terrasse ist mit Steinplatten ausgelegt. Die speichern
die Wärme optimal. Ab und zu schon habe ich mir mein
Handtuch auf den Boden gelegt und diese
„Fußbodenheizung" genossen. Heute werde ich sie aber
nicht brauchen.
Nach dem Frühstück lesen und schreiben wir ein bisschen,
oder schauen träumend aufs Meer und die Umgebung.
Den Vormittag wollen wir entspannt und ohne lange
Autotouren verbringen, denn morgen beginnt unsere
dreitägige Reise nach Taormina und zum Ätna. Da wir an der
Küste entlang fahren wollen, wird es eine etwas längere
Strecke als auf der Autobahn durch das Landesinnere.
Morgen aber wollen wir die Küste Nordküste sehen und uns
dafür auch Zeit nehmen.

Nachdem wir uns wunderbare *Spaghetti Carbonara* zum
Mittagessen gekocht haben, wollen wir doch noch ein
bisschen losziehen. Ich hatte im Internet geschaut, was es
noch "Nettes" zu sehen gibt hier in der Nähe, und entdeckte

einen Küstenfußweg am *Capo Zafferano*. Der Weg endet an einem Leuchtturm.

Nach fünf Minuten Autofahrt sind wir an unserem Ausgangspunkt, einem Parkplatz am Rande des Ortes.

Wir laufen ein Stück die Straße entlang und biegen dann im Ort hinunter zum Meer. Hier beginnt der eigentliche Weg. Autos können hier gar nicht mehr fahren, da der Pfad zu eng wird. Aber somit haben wir unsere Ruhe. Dachten wir! Schon müssen wir drei Motorrädern weichen, die sich den engen Weg und an uns vorbei entlangschlängeln.

Wir überholen eine kleine Gruppe von vier Menschen. Eine Frau aus dieser Gruppe fixiert uns mit ihrem Blick.
„Buongiorno" wünschen wir artig. Sie und die anderen erwidern ebenfalls *„buongiorno"*, und wir wollen weitergehen. Doch die Frau beginnt etwas auf Italienisch zu fragen. Sie holt eine Broschüre aus ihrer Handtasche. Im ersten Moment denke ich, sie möchte etwas über diesen Weg wissen. Oder die Kapelle, die da vorne stehen soll.
Ich zucke mit den Schultern. Ich kenne mich ja hier auch nicht aus.
„Non parli italiano?" fragt sie. *„No"* antworte ich mit entschuldigendem Blick.
Aber sie redet weiter Italienisch.
Fragt irgendetwas und zeigt nochmal auf ihre Broschüre. Ich schüttle nochmal den Kopf und zucke mit den Schultern. Als sie immer noch weiterredet, werde ich ein bisschen ungeduldig und sage auf Deutsch: „Es tut mir leid, ich kann nun mal kein Italienisch!"
Eigentlich möchte ich weitergehen, die Sache scheint sich nicht wirklich lösen zu lassen. Doch da hält sie uns eine Visitenkarte vor die Nase. Irgendeine Organisation steht da drauf JHR oder so ähnlich. Dann lese ich „Jehova" und mir geht ein Licht auf! Jetzt verstehe ich auch den Begriff „Giowa", das sie einige Male erwähnt hatte, ich aber nicht deuten konnte.
Mein Mann und ich lachen kurz über unsere Erkenntnis genauso wie über diese ganze Situation, und machen, dass wir wegkommen.
Diese Begegnung erheitert uns noch eine Weile auf dem hübschen Weg zum Leuchtturm. Wir sehen auf das Meer

hinunter, ein paar kleine Boote dümpeln in der Sonne. Von einem Boot aus, wohl ein Familienausflug, dröhnen italienische Schlager und beschallen die ganze Bucht, andere fischen dösend von ihrem Boot aus, oder tuckern gemütlich vor sich hin.

Ein bisschen erinnert diese Bucht an einen botanischen Garten. Agaven, Oleander, Mimosen, Ginster und verschiedene Arten von Kakteen säumen den Abhang zum Meer. Und wieder werden wir begleitet von dem Geschrei der Möwen, die ihre Bahnen ziehen, sich vom Wind treiben lassen. Jeden Tag aufs Neue beneide ich diese Vögel. Wie sie sich entlang der Küste vom Wind in die Höhe schwingen können, im Wind surfen und über Land und Wasser treiben. Man möchte zu gerne mal mitfliegen und diese Freiheit und Schwerelosigkeit spüren.

Wir entdecken auch viele junge Möwen. Sie haben noch braunes Tarngefieder, sind aber bald so groß wie ihre Eltern. Auch die piepsige Stimme lässt erkennen, dass sie noch sehr jung sind. Fliegen können erst Einige. Die anderen sind wahrscheinlich kurz vor ihrem ersten Start.

Es ist ein wunderschöner Spaziergang hier an diesem Kap. Wir kommen an der kleinen Kapelle vorbei - *Madonna del Lume,* die Schutzheilige von Porticello - und erreichen nach kurzer Zeit den Leuchtturm von *Zafferano.* Im Moment wird er gerade renoviert, aber er ist einer der wenigen Leuchttürme auf der Insel, die tatsächlich noch in Betrieb sind.

Ab hier geht es nicht mehr weiter, und wir laufen denselben Weg wieder zurück.

„Wenn wir wollen, dass alles so bleibt, wie es ist, dann ist es nötig, dass sich alles verändert"

(Aus „Der Leopard" von Guiseppe Tomasi)

Taormina

Wir starten zügig nach dem Frühstück. Um mit Hin- und Rückfahrt, dem Ausflug zum Vulkan und ein wenig Bummeln in dem netten Städtchen genügend Zeit zu haben, werden wir in Taormina zweimal übernachten.

Wir freuen uns jetzt auf die gemütliche Fahrt an der Küste entlang über Messina nach Taormina. Wir werden fast ausschließlich auf der Autobahn unterwegs sein. Es gibt auch eine Landstraße direkt an der Küste, würde aber bedeuten, dass wir durch sämtliche Ortschaften fahren müssten. Das ersparen wir uns. Da wir frei sind, werden wir uns für eine Mittagspause einen hübschen Ort am Meer raussuchen, um Pause zu machen, oder eventuell nochmal ins Meer zu springen.

Es ist ein strahlend sonniger Tag, und unsere wichtigste Anlaufstation ist erstmal eine Tankstelle. Die Hoffnung, dass das Benzin in Italien vielleicht ein bisschen günstiger sein könnte, schwindet sofort, als wir an der Tankstelle ankommen. Das Benzin ist hier sogar noch teurer als in Deutschland! Wenn man den „Service" in Anspruch nimmt, kommen nochmal ein paar Euro dazu.

Und nun beginnt die Tunnelfahrt! Dadurch, dass Sizilien doch recht bergig ist, führt die Autobahn ziemlich oft durch den Berg. Also eigentlich verbringen wir gefühlt mehr Zeit im Tunnel als außerhalb. Es wird eine Herausforderung für die Augen und jedes Mal eine kurze Mutprobe, quasi blind in das schwarze Loch reinzufahren. Man sieht die ersten Meter nämlich gar nichts. Teilweise sind die Tunnels im Innern auch noch schlecht beleuchtet. Bis sich die Augen an die Dunkelheit gewöhnt haben, braucht es einiges an Vertrauen.

Schade natürlich um die Landschaft durch die wir fahren. Man sieht nur an den freien Abschnitten der Autobahn auf Küste und Berge.
Ich will unbedingt unterwegs an einen Strand fahren zum Baden. Wenn wir sowieso irgendwo Mittagspause machen, könnten wir das eine ja mit dem anderen verbinden.
Wir finden auf der Karte einen angeblich schönen und breiten Sandstrand bei *Falcone*. Den steuern wir an. Und tatsächlich! Ein menschenleerer, bestimmt einige Kilometer langer Sandstrand! Das einladende türkisblaue Wasser zieht mich magisch an.
Oh wie herrlich! Wieder ist es eine Überwindung, ins Wasser hinein zu laufen, aber nach ein paar Schwimmzügen ist es nur noch super erfrischend. Der ganze Strand für mich! Es ist kaum zu glauben, dass es sowas noch gibt. Keine Ahnung, wie belebt der Strand im Sommer ist…
Heute sieht man jedenfalls so gut wie niemanden.

Leider finden wir in dieser Gegend kein passendes Restaurant. Wir fahren ein bisschen herum in ein, zwei Ortschaften, aber das Angebot ist sehr mager. Außerdem ist schon wieder Siesta, insofern wirkt alles ein wenig ausgestorben.
Um nicht zu viel Zeit mit Suchen zu verbrauchen, beschließen wir unser Glück an der nächsten Autobahn-raststätte zu versuchen.

Also zurück zur Autobahn Richtung Messina. Bald werden wir fündig und freuen uns hungrig auf ein getoastetes *Panini,* und teilen uns eine Dose kaltes sizilianisches Bier.

Nach einer weiteren halben Stunde Fahrt präsentiert sich uns auf einmal nach einem der vielen Tunnels ein grandioser Blick auf Messina und das gegenüberliegende Italienische Festland. Wir sehen Schilder mit dem Verweis auf die Fähre nach Kalabrien. So nah ist Italien! Die Aussicht von hier oben ist grandios! Wir sehen viele Segelschiffe, Fähren und

Frachter durch die Passage - die *Straße von Messina* - fahren. Da muss was los sein am Hafen! Auf der Rückfahrt übermorgen sollten wir nach Messina und uns das geschäftige Treiben am Hafen anschauen.

Eigentlich sollte schon längst eine Brücke zwischen der engsten Stelle der zwei Landesteile, der Straße von Messina, gebaut werden. Schon im 20. Jahrhundert wurde das Projekt mehrmals besprochen. Mit über 3,5 Kilometer wäre sie die längste Hängebrücke Europas geworden.

Aber einerseits verhindern bis heute politische sowie geologische Gründe den Bau. Italien und Sizilien sind erdbebengefährdete Gebiete, da sich dort die kontinentalen Platten immer wieder verschieben, und Erdbeben oder sogar Tsunamis auslösen können. Deswegen bleibt es vorerst beim Fährverkehr.

Ja, Sizilien ist eine lebhafte Insel!

Am frühen Nachmittag erreichen wir die Ausfahrt nach Taormina. Dieser Teil der Küste verläuft vom Meer aus gleich sehr steil bergauf. Unsere Straße führt in Kurven an den zerklüfteten Berghängen vorbei. Schroffe Felsen und schmale Bergkuppen erheben sich im Anschluss an schmale Streifen mit Sandstränden. Eine wahre Meisterleistung gerade hier Städte und Bergdörfer zu errichten.

Taormina ist eine zweigeteilte Stadt. Die Altstadt und ursprüngliche Stadt liegt oben auf dem *Monte Tauro*, etwa 200 Meter über dem Meer. Im Laufe der Geschichte erweiterte sich die Stadt bis hinunter ans Meer.

In Serpentinen führt nun die Straße Richtung „Centro".
Unser Hotel befindet sich mitten in der Altstadt, im oberen
Teil von Taormina. Wie in einem tropischen Regenwald
wuchern Pflanzen und Kakteen rechts und links der Straße.

Auf halber Höhe kommen wir
an einem Busparkplatz vorbei.
Hier gibt es auch ein großes
Parkhaus für die
Tagestouristen, die sich die
Mühe sparen wollen - und
auch sollen - in den
verwinkelten Gassen nach
einem Parkplatz zu suchen. Das
ist nämlich so gut wie
unmöglich.
Die Leute können die
Shuttlebussen, die regelmäßig
vollends hochfahren nutzen,
um in die Altstadt und die
hübsche Fußgängerzone zu
gelangen.

Jetzt werden die Straßen enger und steiler. Wir hoffen,
unser Hotel direkt gleich zu finden, um hier nicht auch noch
wenden zu müssen. Zwei Autos kommen grade so
aneinander vorbei. Doch hier laufen einen Menge
Menschen, Mofas winden sich dazwischen durch, und wenn
man Pech hat, kommt einem noch ein LKW in rasantem
Tempo entgegen. Alles auf engstem Raum! Ich beiße mir auf
die Lippen, bete, dass wir es hier möglichst ohne Schrammen

durch schaffen. Für die Italiener anscheinend alles kein
Problem. Das flotte Tempo wird beibehalten.
Aber wir schaffen es! Wir erreichen unser Hotel, das direkt
im Anschluss an das Zentrum liegt. Unser Auto bekommt
einen eigenen Hotelparkplatz und ist somit auch versorgt.

Die Fußgängerzone erstreckt sich zwischen den zwei
Stadttoren, der *Porta Messina* und *Porta Catania*, die noch
aus der Antike erhalten sind. Abzweigend vom Corso
Umberto, der Haupteinkaufsstraße von Taormina, kann man
entweder rechts die Treppen hochlaufen oder links die
Treppen hinunterlaufen, um in weitere Gassen mit
Restaurants und Geschäften zu kommen. Hier bemerkt man
bei jedem Schritt die Hanglage der Stadt.

Im Gegensatz zu weiten Teilen der Nordküste, trifft man hier
Unmengen an Touristen aus aller Welt. Natürlich aufgrund
der zahlreichen historischen Kulturschätze, aber auch der
idyllischen Lage mit Blick auf den Ätna in der einen Richtung,
oder vielen netten Buchten sowie der *Isola Bella* in der
anderen Richtung. Dazu ein sizilianisches mildes Klima, das
schon vor vielen Jahrzehnten den europäischen Adligen als
Ort zum Überwintern diente.

Mitten in der Altstadt kann man ein antikes Theater
besuchen: das *Teatro Anico di Taormina* .
Zwar ursprünglich von Griechen errichtet, wurde es später
von den Römern überbaut. Wo einst Gladiatoren- und
Tierkämpfe stattfanden, werden heute in den Sommer-

monaten regelmäßig Theater-aufführungen und Konzerte veranstaltet.
Gibt es eine eindrucksvollere Kulisse…?

Wir laufen den ganzen *Corso Umberto* entlang bis zur Porta Catania. Hier ist die Fußgängerzone zu Ende. Genau die richtige Zeit, um in einem Bistro ein Gläschen Weißwein zu trinken und in Taormina richtig „anzukommen".
Die Stadt ist auffallend herausgeputzt für ihre Besucher. Und es gibt hier so viele Restaurants, dass es einem schwerfallen muss sich zu entscheiden, welches der vielen Angebote man annehmen soll.
Von dem kleinen Platz aus vor der *Chiesa di San Guiseppe* hat man einen tollen Blick auf die „Unterstadt", den vielen Hotels dort mit abschließender Strandkulisse, und auf den Yachthafen. Wie auf einer Postkarte leuchten die weißen Segel gegen das tiefblaue Meer. Ein wunderschöner Dreimaster ankert in der Bucht.

Von hier aus kann man bei klarem Wetter den Ätna sehr gut sehen. Wie uns die Frau an der Rezeption unseres Hotels sagte, kann man, wenn man großes Glück hat, sogar die Lava fließen sehen.

Wir sehen zwar den Berg, aber es ist ziemlich diesig, so sehen wir nur schemenhaft die Umrisse.

Der heiße Vulkan selbst erzeugt ja Wolken und Dunst, und inklusive des Rauchs ist der Gipfel nicht mehr auszumachen.

Spannend und aufregend ist es trotzdem, diesen magischen Berg zu betrachten, in freudiger Erwartung auf unsere Ätna-Tour morgen.

*Nun sieht man an dem ganzen langen Gebirgsrücken des Ätna hin, links das Meerufer bis nach Catania, ja Syrakus;
dann schließt der ungeheure, dampfende Feuerberg das weite, breite Bild, aber nicht schrecklich, denn die mildernde Atmosphäre zeigt ihn entfernter und sanfter, als er ist.*

(J.W. v. Goethe, Taormina 1787)

Ätna

Frühstück auf der Hotel-Terrasse hoch über der Stadt! Bei vielen süßen Leckereien und einem exzellenten Kaffee können wir über einen Teil der Stadt bis hinunter zum Meer und noch weiter sehen.

Wir schauen bei Bauarbeiten an einem neuen Haus zu. Mit solchen erschwerten Bedingungen am Steilhang geht Vieles per Kran.

Das Wetter verspricht heute gute Sicht auf dem Ätna. Es ist wolkenlos und an die 20 °C.

Auf fast 3000 Meter wird es schon recht kalt werden, also packen wir Pullover und Jacken ins Auto und machen uns zeitig auf den Weg. Wir rechnen mit etwa einer Stunde Fahrt über Catania und dann den Berg hinauf bis zur Talstation der Seilbahn.

Am Fuß des Berges verändert sich die Landschaft merklich. Das schwarze Lavagestein vermischt sich mit dem hellen Kalk, auch Häuser und Mauern bestehen hier zum größten Teil aus Vulkangestein. Immer deutlicher kann man erahnen, was für glühende Geröllmassen hier im Laufe der Jahrhunderte schon ins Tal geflossen sind. Der schwarze glühende Fluss begräbt Häuser, Menschen und Pflanzen unter sich und hinterlässt eine riesige Steinwüste.

Irgendwann, wahrscheinlich nach Jahren, auch wenn man es nie für möglich halten würde, erwacht ganz langsam wieder neues Leben und die ersten Pflanzen kommen an die Oberfläche.

Je höher wir kommen, desto mystischer wird die Landschaft. Kleine, fröhlich bunte Blümchen schieben sich aus der Vulkanerde.
Knalliges grün, gelb und rosa auf schwarzem Grund: hier erkennt man den malerischen Gegensatz von Zerstörung und gleichzeitiger Fruchtbarkeit.

Wie lange dauert es wohl, bis glühende Lava abgekühlt ist?

Wir erreichen den Parkplatz an der *Rifugio sapienza,* stellen das Auto ab, ziehen unsere dicken Klamotten an und machen uns auf den Weg zur Seilbahn. Hier ist natürlich was los! Viele Menschen wandern ab hier den Berg weiter hinauf, andere fahren - so wie wir es vorhaben - mit der Seilbahn weiter hinauf bis auf 2500 Meter Höhe.
Am Parkplatz gibt es Restaurants, ein oder mehrere Übernachtungsmöglichkeiten und natürlich viele Stände, an denen man Schmuck aus Lavagestein erstehen kann, unterschiedliche Sorten von Honig, Öle, Liköre, Postkarten vom Ätna, T-Shirts mit Vulkanaufdruck und noch viel mehr Erinnerungen an den beeindruckenden *Mongibello.*
An der Seilbahnkasse kaufen wir Tickets für die Auf- und Abfahrt mit der Gondel und für die Weiterfahrt mit einem Geländebus von dort aus auf 2900 Meter Höhe.

Der Himmel verdichtet sich etwas. Nebelschwaden ziehen an uns vorbei, es wird kälter hier oben. Durch das schwarze Gestein wirkt die Gegend sehr düster und unwirtlich. Gleichzeitig aber umso spannender. Einzig die grünen struppigen Büsche und Moose geben dem Ganzen etwas Farbe.
Es ist eine beeindruckende und einzigartige Atmosphäre auf dem Vulkan. Unwirklich und lebendig.
Überraschend und unberechenbar.

Wir sind froh, als unser Busfahrer und Guide endlich die Tür des Geländewagens zu macht und der kalte Wind draußen bleibt. Die Fahrt auf steil ansteigenden Pisten beginnt. Das ist ein Abenteuer! Die Geländewagen holpern und schwanken in Serpentinen auf aschebedeckten Pisten vorwärts, erarbeiten sich kraftvoll die nächsten Höhenmeter. Vorbei an den vielen Wanderern, die einen der Krater zu Fuß erreichen wollen, vorbei an mit Lavastaub bedeckten letzten Schneeresten, geht die Fahrt etwa zwanzig Minuten weiter nach oben.

Auf einer Anhöhe halten wir an, warten noch auf einige andere Busse, und steigen dann, geführt von unserem Guide, auf einen der Krater.
Hier oben wächst jetzt keine Pflanze mehr. Aus manchen Löchern im Boden dampft es heraus. Man kann sich

tatsächlich die Hände wärmen, wenn man die Steine anfasst! Es riecht nach Schwefel.

Oben am Kraterrand angekommen, erzählt uns der Guide, dass der Ätna zurzeit eigentlich ständig aktiv ist. Letzten Winter gab es einen heftigen Ausbruch, bei dem Teile eines weiter unten liegenden Dorfes von den glühenden Lavamassen zerstört wurden. Menschen mussten evakuiert werden. Der Ätna ist der höchste und aktivste Vulkan in Europa. Fast jedes Jahr sind Ausbrüche zu verzeichnen. Er ist wissenschaftlich gesehen ein großartiger Schatz, um vor allem geologische Prozesse zu beobachten und verstehen zu können.
2013 wurde der Ätna auf die Liste der Weltnaturerben aufgenommen.

Gegenüber von uns sehen wir nun den rauchenden und dampfenden Vulkankrater am Gipfel. Aus verschiedenen Quellen steigen die Rauchsäulen auf.
Heute Morgen erst gab es, laut unseres Guides, einen kleinen Ausbruch. Was für ein Erlebnis hier oben, die Aktivität dieses geheimnisvollen Berges zu sehen, zu spüren und zu riechen!

Wir schauen alle noch eine Weile gebannt und beeindruckt auf den rauchenden Gipfel des Ätna, dann steigen wir unseren Krater wieder hinunter, setzen uns ins Warme des Busses, und schon geht es wieder zur Seilbahnstation zurück. Als wir kurze Zeit später an unserem Auto ankommen, können wir schon wieder eine Jacke ausziehen.

Jetzt stärken wir uns mit Pasta und einem Wein aus der Ätna-Region. Auf vulkanischem Boden gereift...!

Dann laufen wir noch zu einem kleinen Krater, der sich gleich hinter dem Restaurant befindet. Er ist nicht sehr hoch, und wir können auf dem Kraterrand einmal rundherum gehen. Wunderschön immer wieder die Schattierungen des Gesteins in Braun- und Rottönen, dazu das Schwarz und das helle Grün der Pflanzen. Ich kann mich gar nicht sattsehen an den Strukturen der Landschaft und den Farben.

Etwas diesig ist die Luft, aber wir haben einen tollen Blick auf das Meer und die Städte da unten am Fuß des Vulkans. Es ist schon ein mulmiges Gefühl, von einem Vulkan hinunter auf das Land zu sehen, das in gewissen Zeiten schon gnadenlos den Launen des Vulkans ausgesetzt und teilweise sogar ausgelöscht wurde.

Wir starten die Rückfahrt nach Taormina, müde und voller neuer Eindrücke.
Ja, dort oben faszinieren uns die wüsten, bizarren und gewaltigen Stein- und Felsgebilde, während unten die Landschaft jetzt auf uns lieblich, weich und natürlich bedeutend lebendiger wirkt.

In unserem Hotel angekommen, müssen wir uns erst mal der Temperatur auf Meereshöhe wieder anpassen. Es sind ja schon ungefähr 20 °C Unterschied zum Ätna auf 3000 Meter Höhe.
Nach kurzer Ruhepause in unserem Hotel, ziehen wir nochmal los in die schmucke Innenstadt von Taormina, schlendern in den vielen Nebengasse herum und bewundern hübsche Terrassen, dekorierte Treppen und die großen südländischen Pflanzen in riesigen Tontöpfen.
Da es in nahezu jeder Gasse unzählige Treppenstufen gibt, machen Cafés und Restaurants sich diese zunutze und stellen ihre Außentische auf die breiten Treppenstufen. So kann man sich bei Pasta, Salat oder einem Cocktail fühlen wie im Rang eines großen Theaters.
Die Kulisse ist überall atemberaubend, dafür liegt Taormina ja ideal am steilen Hang. Viele Restaurants punkten mit einer Terrasse und dem Blick auf Stadt, Meer und Umland.

Wir kommen vorbei am antiken Theater, einem kleinen botanischen Garten, steigen ein paar Meter hinunter und finden weitere Handwerksbetriebe, Künstlerateliers und immer wieder Kneipen.

Die Maler nutzen die Treppenaufgänge, um ihre Bilder auszustellen. Von unten hat man auf diese Weise als Betrachter einen tollen Überblick.

Als Erinnerung an unsere Ätna-Tour kaufe ich ein paar Ohrringe mit einem als Perle geschliffenen Lavastein. Es gibt natürlich viele nette Dinge aus dem Lavastein. Das ist ja fast ein Muss in der Nähe eines Vulkans.

Unseren letzten Abend hier lassen wir zum zweiten Mal in einem super leckeren Restaurant ausklingen.
Der Ätna-Wein hat es uns besonders angetan, und das nicht nur aus Nostalgie-Gründen. Er besitzt eine besondere Würze, ist sehr trocken, und mit einem Geschmack nach Beeren, Kräutern und Pfeffer.
Man spürt die Kraft und die Sonne Siziliens und des Vulkans, die durch diese Weine perfekt ausgedrückt werden.

So gastfreundlich wie die Italiener nun mal sind, wird man hier beim zweiten Besuch schon mit Handschlag und einem besonderen Lächeln begrüßt.
Leider müssen wir morgen wieder abreisen, sonst wären wir hier am nächsten Abend bestimmt noch Freunde geworden

Caponata

Ein süßsaures Gericht aus Sizilien. Als Vorspeise oder Beilage

Auberginen, Zucchini, Kartoffeln, rote und gelbe Paprika,
Zwiebel
Nach Belieben Kapern und Oliven
Tomatensauce, pur
Basilikum
Weißweinessig, etwas Zucker
Olivenöl

Das Gemüse in kleine Stücke schneiden, anbraten.
Oliven und Kapern dazu.
Alles mit der Tomatensauce zusammen weich kochen.
Basilikum und Salz dazugeben.
Zum Schluss etwas Zucker und Essig zum Gemüse geben.
Nochmal ziehen lassen.
Kalt oder warm servieren.

Ich bin erleichtert am nächsten Morgen, dass wir die engen Straßen von Taormina mit unserem Auto heil runterkommen. Man merkt, dass die Sizilianer mit der Enge, den Mopeds und den Massen an Menschen umzugehen gelernt haben. Sie fahren aus meiner Sicht in halsbrecherischem Tempo durch die Gässchen. Für die Fußgänger gibt es nur selten Gehwege, so dass auch sie mit Autos, Bussen und Mopeds in einem großen Durcheinander zurechtkommen müssen. Aber irgendwie funktioniert das! Immer wieder ist das Unmögliche möglich, und wir schlängeln uns bis hinunter zur Autobahn am Verkehr vorbei.

Dann kann ich aufatmen!

Wir kommen am unteren Teil der Stadt vorbei auf die Autobahn. Jetzt noch durch die Mautstelle, dann geht es auf breiten Straßen Richtung Messina.

Hier auf Sizilien sind die Autobahnen eingebettet in eine üppige Pflanzenwelt. Sogar der Mittelstreifen wird großzügig angepflanzt, meist mit Oleanderbüschen, die jetzt anfangen zu blühen. Manchmal ranken die Pflanzen sogar über ihre Begrenzung hinaus, und geben einem das Gefühl durch einen botanischen Garten zu fahren.

Der Sommer ist mittlerweile eingekehrt auf der Insel. Der kalte Wind hat wohl die Richtung gewechselt und beschert uns warme Luft.

Die Hauptsaison wird wohl demnächst beginnen.

Es läuft sehr gut auf der Autobahn. Sie ist wie immer relativ leer.

Nach einer knappen Stunde biegen wir ab nach Messina.
Eine lange Straße führt hinunter zum Meer und zum Hafen.
Hier herrscht wieder der bekannte Verkehr einer Großstadt.
Die Autos drängeln auf vier von drei Spuren in die
Innenstadt.
Messina ist das Handelszentrum von Sizilien und eindeutig
der günstigste Ort aufgrund seiner Nähe zum italienischen
Festland. Täglich verkehren mehrere Fähren zwischen
Messina und Kalabrien. Wer auf eigene Faust mit Schiff oder
Segelboot die Straße von Messina durchqueren möchte,
muss sich über Linienverkehr, Fischerboote und
Windverhältnisse aufklären.
Außerdem treffen hier an der Engstelle das Ionisches und
das Tyrrhenisches Meer aufeinander, weswegen aufgrund
deren unterschiedlichen Wasserdichte Strudel und
Strömungen entstehen, mit denen man vertraut sein sollte.

Ganz nett beschreibt Homer die Schwierigkeiten der
Strömungen von Messina als zwei Ungeheuer, *Charybdis* und
Skylla, die miteinander kämpfen. Eines gehört der Ostküste
Siziliens, das andere lebt an der kalabrischen Küste.
Odysseus musste angeblich einige seiner Seeleute einbüßen,
die ihm die Ungeheuer bei seiner Durchfahrt raubten und
auffraßen.

Doch so geschäftig und verkehrsreich wie es heute aussieht
in der Straße von Messina, werden die beiden Ungeheuer
nur mehr Geschichte sein...

Unten am Meer angekommen, orientieren wir uns an den „Centro"-Schildern und halten schon mal Ausschau nach einem Parkplatz. Leider ergibt die Suche nach Parkhäusern keine oder keine zuverlässigen Treffer, so dass wir auf die beschilderten Parkreihen am Straßenrand angewiesen sind.

Also Parklücke suchen!

Am Hafen: Fehlanzeige.

In der Nähe des Doms: Fehlanzeige.

Alles komplett dicht. Die Autos parken hier fast überall in der zweiten Reihe, in die Straße reinragend, oder sogar auf dem Gehweg. Wir fahren hin und her und drehen nochmal eine Runde. Keine Chance. Das gibt's doch nicht! Wir finden einfach keinen einzigen Platz! Zu weit weg vom Zentrum wollen wir natürlich auch nicht suchen, denn zu Fuß in den Straßen herum zu irren haben wir eigentlich nicht vor.

„Ich wollte doch nur ein bisschen an den Hafen ...."

Aber „einfach mal schnell" ist ein einer großen italienischen Stadt nicht möglich.

Enttäuscht brechen wir die weitere Suche ab und steuern zurück auf die Autobahn. Von oben noch ein letzter Blick auf Messina, das wir nun leider schon wieder hinter uns lassen müssen, dann biegen wir ab Richtung Westen.

Wir setzen unsere Tunnel-Fahrt fort. Die Straßen sind
wirklich gut, es geht flott voran.
Einen Stopp legen wir nochmal ein an dem Strand bei
Falcone. Wieder an derselben Stelle, wieder ohne Menschen
und mit herrlich erfrischendem, türkisen Wasser.
Die Sonne heizt das Meer tüchtig auf. Das wird in ein, zwei
Wochen bestimmt so warm sein, dass sich auch die Sizilianer
hineinstürzen. Bisher halten sie sich ja noch dezent zurück.
Umso besser für mich!
Der Sand ist super fein aber sehr heiß. Wir dösen noch ein
bisschen auf dem Handtuch herum, dann geht es zurück auf

die Autobahn. Wir liegen gut in der Zeit und entscheiden uns, mit dem Mittagessen bis Cefalú zu warten. Hier in der Gegend gibt es ja nicht allzu viele Angebote, wie wir von der Hinfahrt wissen. Und in Cefalú machen die Restaurants am Strand keine Siesta, so dass wir auch um 14 Uhr noch etwas zu essen bekommen werden.

Dort angekommen, parken wir an bekannter Stelle direkt am Meer vor der Stadt. Hier ist das Parken kein Problem, obwohl wir feststellen, dass im Vergleich zu letzter Woche, der Strand schon viel mehr Badende anzieht. Und somit natürlich auch Autos.

Das Meer hat heute überhaupt keine Wellen! Ich musste mich neulich noch durchkämpfen und wurde gründlich durchgeschüttelt. Heute ist das Wasser total glatt. Deswegen müssen die Wellenreiter heute auf ihren Spaß verzichten. Dafür gibt es mehr Schwimmer und Tretbootfahrer.

Wir spazieren an der Strandpromenade zu einem Restaurant und wollen typische sizilianische Pasta essen: *Pasta alla Norma*.

Dieses Gericht widmete angeblich ein sizilianischer Koch der Oper „Norma" von Bellini, da sie ihm so sehr gefallen hatte. Durch den Namen alla Norma stellt der Koch sein Gericht auf dieselbe Stufe mit der Oper.

Während wir genüsslich schmausen, hören wir plötzlich arabisch sprechende Stimmen, die in eine lauter werdende Diskussion ausarten. Wir schauen auf in die Richtung, aus die der Streit kommt. Es sind Teppich- bzw. Tuchhändler, die ihre Waren auf der Mauer zum Strand ausbreiten. Wir haben sie schon bei unserem ersten Besuch gesehen und uns gefragt, ob die wirklich ihren Unterhalt mit dem Verkauf solcher großen Tücher verdienen können? Wahrscheinlich nicht. Kaum ein Tourist interessiert sich dafür. Die Farben sind mittlerweile ausgebleicht. Ob Pareos noch gefragt sind?

Auf jeden Fall hat wohl ein Händler dem anderen sein Revier streitig machen wollen. Das gibt natürlich Ärger, und der Eindringling muss vertrieben werden.

Wir wundern uns über die Hemmungslosigkeit, mit der die arabisch sprechenden Typen hier herumbrüllen. Aber dadurch bekommen sie von allen hier sitzenden Gästen die volle Aufmerksamkeit! Wir haben unser Schauspiel, das nach ein paar Minuten dann zum Glück doch abebbt, und wir können uns wieder unserer Pasta widmen.

Die Kulisse ist dennoch idyllisch am Strand. Die Menschen flanieren vorbei, gehen zum Strand und ins Wasser oder in die hübsche Altstadt zum Shoppen. Wir könnten noch länger hier herumsitzen, Wein trinken und vor uns hindösen, aber wir haben noch ein ganzes Stück zu fahren bis zu unserem Haus.

Außerdem haben wir wieder die knifflige Aufgabe einen Supermarkt zu finden, um Vorräte zu kaufen für unsere letzten Tage. Und wiedermal haben wir Siesta-Zeit!

Doch wir haben Glück! Beim Rausfahren aus Cefalú kommen wir an einem Supermarkt vorbei, der sogar offen hat. Wir decken uns ein mit Leckereien und starten die letzte Etappe nach Hause.

Pasta alla Norma

Ein Muss in Sizilien. Zu Ehren von Bellinis Oper „Norma". Das Originalrezept erlaubt ausschließlich Maccaroni

Maccaroni, Penne oder Spaghetti
Auberginen
Tomaten
Knoblauch
frischer Basilikum
Ricotta
Olivenöl, Salz, Pfeffer

Aus gewürfelten Tomaten und Auberginen mit dem Knoblauch und etwas Olivenöl eine Soße herstellen. Etwas würzen und Basilikumblätter daruntermischen. Wenn die Soße gut eingekocht ist, den Ricotta grob darüber hobeln.

„Wer Angst hat, stirbt jeden Tag, wer keine Angst hat, stirbt nur einmal"

(Paolo Borsellino, Palermo)

Porticello

Die Nacht war ziemlich warm und schwül heute. Die Kleider werden richtig klamm bei so viel Feuchtigkeit.
Es hat bereits 20 °C draußen, als wir gegen acht Uhr am nächsten Morgen auf die Terrasse treten.
Belustigt stellen wir fest, dass wir jetzt Butter und Käse beim Frühstück auf dem Tisch immer wieder dem wandernden Schatten hinterher schieben müssen, sonst schmilzt und schwitzt es zu schnell.
Das Meer ist völlig ruhig. Auch die Luft steht und man schwitzt bei der kleinsten Anstrengung.

Ein paar Fischerboote schaukeln auf dem Wasser, die Segelschiffe müssen sogar den Motor benutzen, um vorwärts zu kommen. Nach der quirligen Stadt gestern in Taormina, bietet unsere Terrasse am Meer das genaue Gegenteil: Stille und das meditative Plätschern des Meeres.

Da wir gestern den ganzen Tag mit dem Auto unterwegs waren, wollen wir den Tag heute etwas häuslicher gestalten. Wir liegen gemütlich im Liegestuhl, lesen, schreiben, dösen. Jetzt haben wir uns eigentlich so richtig eingelebt hier. Unser Körper hat den Urlaubsmodus ganz in sich aufgenommen. Wir spüren die Entspannung und genießen das Nichtstun.

Alles geht ein bisschen langsamer und wir leben einen Tag nach dem anderen, ohne viel vorauszuplanen. Das ist Luxus!

Irgendwann stehen wir auf, überlegen, ob und was wir heute tun oder nicht tun, gehen essen oder kochen uns etwas. Wir genießen das langsame Sinken der Sonne, können stundenlang aufs Meer schauen und den Möwen zuhören. Da hinten nähert sich ein Kreuzfahrtschiff dem Hafen von Palermo, weiter rechts liegt schon seit zwei Tagen ein Frachter an derselben Stelle, dann fahren gemächlich ein paar Segelboote an uns vorbei, und abends hören wir die kleinen Fischerboote herantuckern, die die Nacht auf See verbringen. Man gewöhnt sich gerne an diese beruhigende, meditative Stimmung, immer mit dem leisen, regelmäßigen unaufhörlichen Rauschen des Meeres im Hintergrund.
So könnte man es noch eine Weile aushalten...

Trotzdem würde ich heute gerne noch irgendwo ins Wasser steigen. Im Vergleich zu letzter Woche ist es merklich wärmer. Zu Hause in Deutschland habe ich es zum Meer nicht mehr so nah, und ich will die Chancen nutzen, kurz darin abzutauchen.
Meinen Privatzugang zum Meer habe ich mittlerweile als Option abgehakt. Ich steige zwar wir bisher jeden Tag hinunter, um mir die Lage anzuschauen, aber auch bei ruhigem Meer schäumen die Wellen auf die Felsen und lassen so den Ein- und vor allem Ausstieg eine unsichere Angelegenheit werden.
Das Wasser ist glasklar und so einladend, dass ich kaum widerstehen kann. Aber ich denke, ich sollte es nicht riskieren.
Hier in der Gegend gibt es ja so viele andere Gelegenheiten, kurz ins Wasser zu steigen und eine Runde zu schwimmen.

Wir entscheiden uns für den kleinen Fischerort *Porticello,* ein paar Kilometer von uns entfernt.

Unser Auto stellen wir am Hafen ab und laufen einfach los in eine Richtung. Hier ist was los! In dem Hafen liegen vielleicht die vielen kleinen Fischerboote, die wir von unserem Haus aus sehen. Auch größere sind dabei, manche wurden aufs Land gehoben, um Reparaturen vornehmen zu können.

Es riecht nach Öl, Fisch und Tang. Da wird gehämmert, geschliffen und gestrichen, Fischernetze geflickt und entknotet.

Ein Stück weiter empfängt uns Dieselgeruch. Eine Tankstelle für die Boote. Der Tankwart unterhält einige Leute und Fischer mit seinen Geschichten. Währenddessen füllen die dann bei ihm ihren Treibstoff für die Boote in Kanister ab.

Es gibt ein paar wenige Restaurants hier, Kioske mit Bier, Cola und Espresso. Drei ältere Männer musizieren und singen auf der Hafenmauer.

Alles in Allem eigentlich eine friedliche Stimmung. Wenn sich in uns nicht wieder ein untrüglicher Verdacht von Arbeitslosigkeit und Teilnahmslosigkeit erhärten würde.

Wir kommen an vielen Häusern vorbei, die vielleicht im Sommer als Ferienhäuser oder Ferienwohnungen genutzt werden. Im Moment laufen wir aber an Reihen von leerstehenden Häuserblocks vorbei. Er wirkt verschlafen hier, der Ort jenseits des Hafens. Und wieder ist es teilweise unmöglich auf dem Gehweg zu laufen. Entweder er ist zugeparkt, oder der Asphalt so aufgeplatzt und mit Pflanzen überwuchert, dass man gar nicht durch kommt.

Noch ist es Frühling und aus den Gärten duften die Bäume und Sträucher unglaublich gut. Wir erreichen so etwas, wie eine Feriensiedlung. Hier müssen wir auch wieder umdrehen, denn der Weg wird ab hier laut Schild zum Privatweg.
Also einen Strand finden wir hier nicht. Eher führen alle Wege vom Meer weg. Also kehren wir um. In der Nähe des Hafens hatte ich einige Leute gesehen, die an einem kleinen Kiesstrand lagen. Das ist doch ausreichend.

Wir wählen einen etwas anderen Weg zurück und kommen an einem ganz verfallenen und durch Pflanzen halb zugewachsenen Gebäude vorbei. Von hinten her sieht man, dass dieses Gebäude mal ein

Restaurant oder eine große Bar gewesen sein muss. Man sieht eine ziemlich große überdachte Terrasse mit vielen Säulen, dahinter ein genauso großer Innenraum. Mehr kann ich leider nicht erkennen, aber ich bin irgendwie fasziniert davon!
So ein Schmuckstück! Natürlich kann man sich nur vorstellen, wie es sein könnte, oder mal gewesen war. Ein verlassener Traum! Eingehüllt in Efeu, Büsche und Schutt. Es

muss schon einige Zeit her sein, dass in dem Laden Leben herrschte.

Ich gestalte mir geistig diese Strandbar mit Blick aufs Meer, mit den Säulen hübsch umrankt von Rosen oder Wein. Im Innenraum eine riesige Bar und weitere Tische, Glastüren nach außen, so dass man im Sommer die ganze Breitseite zur Terrasse öffnen kann. Musik, bunte Bilder, Kübel mit mediterranen Pflanzen...

Schade. Es verfällt.

Ich sehe keine Touristen im Ort. Auch bei den wenigen Restaurants frage ich mich, wie die überleben können. Von den Einheimischen bestimmt nicht.

Jeden Tag sehen wir hier zu viele Bauruinen, zu viel Vernachlässigung, zu viel verlassene Häuser.

Was ist los?

Ich kann nicht glauben, dass man aus dieser Insel, die gesegnet ist mit den schönsten Stränden, die kulturell so viele Jahrhunderte der unterschiedlichsten Einflüsse zu bieten hat, wie eigentlich keine andere Insel.

Es macht mich schon nachdenklich, wenn ich das Potential sehe und gleichzeitig zu viele Menschen, die keinen Job haben. Fehlt es an Ideen? Fehlt es an Geld? Ist Korruption im Spiel?

Ist das Sizilien? Verfall und ewige Schönheit?

Die Schwüle ist sehr anstrengend. Wir sind nassgeschwitzt und unsere Kehlen werden trocken. Ich entscheide mich für den kleinen Kiesstrand zum Baden. In einiger Entfernung stehen Angler, die ich hoffentlich nicht störe.

Das Wasser ist auch hier sehr sauber. Überall sieht man den Grund, sogar ein paar winzige Fische bewegen sich mit flink um mich herum.

Nach der Erfrischung fahren wir wieder nach Hause und lassen den Nachmittag auf der Terrasse ausklingen.
Die Abende sind lau jetzt, ideal um noch ein bisschen draußen zu sitzen, die Lichter von Palermo oder den Schiffen zu beobachten, und einen grandiosen Sternenhimmel zu sehen.

„Eines Tages, möglicherweise auch nie, werde ich dich bitten, mir eine kleine Gefälligkeit zu tun. Aber solange ich das nicht tue, soll die Gerechtigkeit ein Geschenk an dich sein…"

(Don Vito Corleone)

Abschied

An unserem letzten Tag hier auf Sizilien erwarten uns die 30 °C. Es ist morgens schon drückend warm, so dass wir unser Frühstück in den Schatten verschieben. Wir merken die körperliche Anstrengung, die dieses Wetter mit sich bringt. Man schwitzt schon beim Nichtstun und wir fühlen uns schlapp.
Unser Kühlschrank jetzt ist ziemlich leer gegessen. Schon bei unserem letzten Einkauf haben wir entsprechend weniger eingekauft, damit uns nicht zu viel übrigbleibt.
Ein paar Dinge, wie Salz und Pfeffer, die Päckchen vom ersten Tag in Palermo, reichen noch weit, auch einige Gewürze überlassen wir unseren Nachmietern.
Heute Abend werden wir nochmal diese leckeren kleinen Pizzen essen, die wir in Aspra gekauft hatten, und dann gibt es morgen früh nur noch einen Kaffee vor der Abreise.

Mich lädt die Hitze zum Baden ein, und wir peilen nochmal den Strand von Mondello an. Die Fahrt auf der Autobahn gestaltet sich immer als sehr angenehm, und obwohl sie an der ganzen Stadt Palermo vorbeiführt, ist nicht zu viel Andrang. Ich werde die sizilianische Fahrweise vermissen! Jetzt habe ich mich richtig an die eigenen Regeln gewöhnt…

Wir brauchen eine knappe Stunde, dann leuchtet uns das Meer entgegen. Unser Auto überlassen wir für ein paar Euro einem Parkwächter, und machen uns auf in Richtung Strand. Dort ist die Hölle los! Ein Getümmel an Menschen, Autos, Mopeds, jede Menge Liegestühle am Strand und Männer mit

ihrem Bauchladen, die laut rufend Melonen, Getränke und Kokosscheiben verkaufen wollen. Im Wasser tummeln sich Ball spielende Kinder und einige wenige Schwimmer.
Jenseits der Badezone ankern einige kleinere Motoryachten Junge Leute fahren im Tretboot oder liegen plaudernd auf Schwimminseln.
Ich sehe kurz bei einer Surfschule zu, wie sie ihre ersten Manöver probieren. Dann laufe ich zum Wasser. Hier muss man eine Weile im knietiefen Wasser waten, bis der Strand in die Tiefe abfällt. Dementsprechend warm ist das Wasser im Flachen. Das wird mir fehlen zu Hause! Ich schwimme ein letztes Mal ausgiebig und genieße trotz der vielen Menschen die gelassene Atmosphäre.

Noch einmal besuchen wir unser Restaurant in der Nähe des Strandes und bewundern wieder die süßen Kunstwerke in den Kühltheken am Zugang zur Restaurant-Terrasse.

Wir suchen uns einen Schattenplatz unter den großen Bäumen.

Das Essen ist vorzüglich wie letztes Mal in Mondello. Da uns die Kellnerin aus Versehen zwei Gläser *Pinot Grigio* serviert, statt einer Flasche, wir aus Höflichkeit nichts sagen, sie dann aber ihren Fehler entdeckt und uns noch die bestellte Flasche bringt, müssen wir unseren Aufenthalt in dem Restaurant etwas in die Länge ziehen, um später noch ungestraft nach Hause zu kommen... So viel Alkohol am hellen Mittag!
Es ist unser letzter Tag, und insofern nehmen wir uns die Zeit gerne. Die zwei versehentlichen Gläser Wein stehen dann nicht mal auf der Rechnung!
Arrivederci Mondello! Arrivederci Palermo!

Pasta con finocchio, pesto e gamberetti

Überraschend leckere Kombination

Spaghetti
Fenchel
Mandeln
Pecorino
Olivenöl, Salz, Pfeffer
Garnelen
Knoblauch, Öl

Die Pasta al dente kochen.
Den Fenchel hobeln und kurz anbraten.
Mandeln, Pecorino und den Fenchel mit Olivenöl und
Gewürzen in den Mixer geben. Nicht zu fein mahlen.
Garnelen in etwas Öl mit Knoblauch kurz anbraten
Die Pasta mit dem Pesto vermischen, auf Teller verteilen und
mit den Garnelen anrichten.

Der nächste Morgen beginnt für uns um kurz nach sechs Uhr. Pünktlich um sieben erscheint unser Vermieter, um die Schlüssel in Empfang zu nehmen.
Sind es wirklich schon zwei Wochen her, dass wir in das Haus eingezogen sind?
Warum vergeht die Zeit im Urlaub bloß immer so schnell?
Wehmütig verlassen wir unser liebgewonnenes Zuhause und fahren ein letztes Mal die gewohnten und mittlerweile bekannten Straßen zur Autobahn Richtung Catania Flughafen.
Diesmal nehmen wir wieder den Weg durchs Land.
In knapp drei Stunden fahren wir durch die weite, hügelige Landschaft. Noch ist es deutlich grün auf den Wiesen und Feldern. Das wird sich ziemlich bald ändern, wenn die Hitze erstmal anfängt, und der Regen zur Seltenheit wird. Ich denke wir haben eine gute Zeit erwischt an Pfingsten.

Oben auf den Hügeln entdecken wir ab und zu idyllische kleine Ortschaften. Das ist das typische Bild, wenn ich an Italien oder Sizilien denke: leicht bergiges Land mit weiten Feldern, Wein, Oliven, Zitronen oder Orangen, oben auf einem Berg ein Dorf, eng bebaut mit ockerfarbenen Häusern, manchmal mit roten Ziegeln. In der Mitte des Dorfes ragt die Kirche heraus, von weitem zu sehen...

Natürlich darf auch ein letzter Blick auf unseren majestätischen Vulkan nicht fehlen. Ohne viel Dunst, bis auf seine Spitze, steht er da, ganz friedlich und schön! Er ist schon was Besonderes, der Ätna!

Das Auto geben wir am Flughafen ab. Wir haben noch genügend Zeit etwas zu trinken und zu essen. Die Hitze schafft uns ziemlich. Es ist drückend. Wir beobachten die bleichen Neuankömmlinge aus Deutschland oder anderen Ländern, die sich jetzt auf den sizilianischen Sommer freuen werden.

Ich bin immer etwas wehmütig, wenn ich ein liebgewonnenes Land wieder verlassen muss. Aber ich nehme ganz viele tolle Erinnerungen und Eindrücke mit nach Hause. Im Geiste kann ich mir Sizilien, wie auch andere Länder zum Glück immer zurückholen...

Dann hebt das Flugzeug ab, und bei wolkenlosem Himmel entfernen wir uns von der schönen Insel.